HANA

Retrouvez toutes nos éditions manga BL :

www.boys-loves.fr

Nos sorties digitales BL :

www.hana-book.fr

Et toute l'actualité des éditions HANA sur nos réseaux sociaux :

@Editions_Hana

À mon tour de pleurer β 3

HANA

www.boys-loves.fr

Traduit du japonais par Amandine Martel

Maquette : Justine Mouron

Assistante Edition : Maeva Paino

Responsable Editorial & Production : Tony Mr P

Dépot légal : Novembre 2021
ISBN 978-2-38276-059-8
ISSN 2743-4435

Imprimé par GZ Digital Media as

Postface

Bonjour, c'est Keri Kusabi ! Ce tome est mon septième manga en tout.
Cela fait trois/quatre ans que j'ai commencé l'histoire du bêta et voici enfin sa conclusion. Ce fut à la fois long et court... Je me sens légèrement triste.
C'est grâce à vous tous qui m'avez suivie et encouragée que j'ai pu finir ce récit, merci infiniment !

Les bêtas sont souvent considérés comme «ceux qui exécutent les tâches ingrates» ou «des êtres à l'existence moins importante que celle des alphas ou des omégas», alors je n'aurais jamais cru à l'époque qu'on me laisserait dessiner autant de chapitres sur un personnage principal bêta.

On m'a également beaucoup dit que c'était parfois difficile à lire tant c'était sérieux... Seulement, la façon de voir le monde dans les omegaverses est différente de la réalité. J'ai dessiné cette histoire en pensant que malgré toutes les périodes tristes ou les séparations qui peuvent arriver dans la vie, de bonnes choses peuvent équitablement aussi se produire quand on persévère.

Cette partie de la série est à présent terminée, mais je vais en commencer une autre. Je serais ravie que tous ceux qui ont vu évoluer «À mon tour de pleurer» continuent à me suivre et à veiller sur ce manga !

Je remercie particulièrement mon responsable éditorial N-san qui m'aide énormément à chaque fois, Uchikawa Design et ses magnifiques jaquettes qui attirent le regard dans les librairies, tous ceux ayant participé à l'édition de ce tome, ainsi que mes chers lecteurs qui me soutiennent !

J'espère vous revoir bientôt. Je vais faire de mon mieux pour que cette série reste le plus longtemps possible dans vos mémoires.

Keri Kusabi
Octobre 2020

2020.10.

À MON TOUR DE PLEURER

SÉQUELLE DE LA SÉRIE

le parfum persistant de son passé.

FIN

PAF
IL AURAIT MIEUX VALU QUE JE NE TE PÉNÈTRE PAS, NON ?
NE T'INQUIÈTE PAS, LES ÉLITES SONT OCCUPÉES À SE FLATTER MUTUELLEMENT, PERSONNE NE VIENDRA ICI.
PAF
PAF
TOI AUSSI, TU ES UNE ÉLITE JE TE SIGNALE.
NNH !
FROTTE
FROTTE
TES TÉTONS POINTENT ALORS QUE JE NE T'AI PAS ENCORE TOUCHÉ.
TU VEUX LES SUCER ?
FLIP
DIS PLUTÔT «SUCE-LES.»
NH...

ALLEZ,
VIENS.
SST
GLOUPS
JE NE L'AI MÊME PAS TOUCHÉ ET IL EST TREMPÉ...
C'EST VRAI QU'ON N'A RIEN FAIT CES DERNIERS TEMPS CAR ON ÉTAIT OCCUPÉS.
BISOU
FROTTE
JE NE POURRAI CERTAINEMENT PAS ME RETENIR.
C'EST BON, JE SUIS FATIGUÉ DE CE MEETING DE TOUTE FAÇON.
FROTTE
JE NE VEUX PLUS PENSER À RIEN POUR L'INSTANT.
.....

SLURP
SLURP
FAIS ATTENTION À NE PAS SALIR NOS COSTUMES.
IL EST DE MAUVAISE HUMEUR.
NH !
HUM.
REGARD
L'AMBIANCE EST DIFFÉRENTE DE D'HABITUDE, MAIS...
L'ARRIÈRE DE SA TÊTE EST TROP MIGNON.
CARESSE...
Tout rond...
?
QUOI ? TU VEUX...
Une irrumation ?
PAS DU TOUT.
JE ME DISAIS JUSTE QUE TU ES PARTICULIÈREMENT ÉPATANT AUJOURD'HUI, KARASUMA-SAN.
HAHA !
FUIP
QU'EST-CE QUE TU RACONTES ?

Son aura est différente.
SWOUP
Ouah, son regard !
PFF !
CLANK
TAP
TAP
IL EST TROP MIGNON.
JE VOUS ATTENDAIS, SENSEI !
BLA
BLA
BLA
TAP
DIS... TU ES PÂLE DEPUIS UN MOMENT, ÇA VA ?
OUI.
J'AI JUSTE ENVIE DE PRENDRE L'AIR.
TAP
TAP

Parfum persistant
Quand je l'ai marqué,
« J'ai perdu mon gagne-pain ! »
voilà ce qu'il m'a dit.
REGARD
BROUHAHA
Parlemen
Meeting de soutien pou
BROUHAHA
BROUHAHA
Mais je ne crois pas que ce soit le cas.
BROUHAHA
D'ailleurs, cette assemblée de gens importants n'y change rien.
Quand Karasuma-san représente Kaiei, il est toujours très classe.

JE VAIS AUX TOILETTES.
Je vois,
c'est à cause de lui,
?
cette odeur sur toi.
DEPUIS NOTRE RENCONTRE,
JE N'AI JAMAIS AUTANT DÉTESTÉ
ÊTRE UN ALPHA.
.....
Tu veux parier ?
Est-ce que je te choisirai
ou est-ce toi qui me choisiras ?

ARRÊTE DE DIRE N'IMPORTE QUOI.
ARGH...
PFF...
Aah, il est devenu
trop sexy !
Il était pourtant si timide et mignon à l'époque.
SNOUP...
Et très attaché à moi, aussi.
FROTTE
FROTTE
BAM !
?

Je ne veux pas que tu lui dises que je vais partir.
Quoi ?
Euh...
Mais c'est impossible !
Il est si attaché à toi !
BAM !
Et toi aussi, tu l'as pris sous ton aile !
Pourquoi si soudainement...
Je suis fatigué de faire du babysitting.
....
Je...
Tout
simplement.
Je ne suis pas le substitut de son père.

Alors ? Ça t'inté-resse ?
Si tu viens travailler ici, Tobinaga-san, le chef sera ravi.
NEO
Surtout que ton salaire sera plus élevé que dans ta société actuelle !
Si tu as d'autres conditions, je demanderai au boss !
Ça te tente ?
Eh bien...
Je suis flatté mais je ne peux pas vous donner de réponse tout de suite.
Enfin...
Si vous insistez,
je connais quelqu'un d'autre qui convien-drait...
AH.
Pas un oméga par contre.
.....
HA HA !
Tu penses à ce garçon
qui est souvent avec toi, pas vrai ?
Tu le sais pourtant !
On emploie uniquement des alphas ici.
TOP
Même si on sait qu'il est compétent,
tu as une trop haute opinion de lui.
TOP
SMILE
Bref, je suppose que tu as déjà ta réponse,
si tu veux faire partie de l'élite ?
SWIP
J'attends un retour favorable de ta part.

Tu les détestes,
les alphas ?
C'est juste...
parce que c'est toi.
Tu es spécial, Tobinaga-san !
SERRE...
.....
Tu as le temps après ?
SURSAUTE
Je l'avais remarqué
que ses sentiments envers moi n'étaient pas juste d'ordre sexuel.
Seulement,
j'ai fait semblant de ne rien voir pour qu'il réponde à mes attentes.
Je ne me sentais d'ailleurs pas coupable.

TAP !
Tobinaga-san !
Il a été décidé que le projet sur lequel je travaille continuera le mois prochain !
Bien joué !
Je te paye le repas ce soir !
....
PAAH
Merci !
Alors, il n'y a personne dans ton entourage qui te convient ?
Hein ?
Tu es plutôt populaire,
comment ça se passe avec Utô ?
.....
Pourquoi...
FRISSON
tu me parles de ça maintenant ?
Arrête de te moquer de moi.
.....

SHHH...
Si
ce jour-là,
C'est pas un endroit pour les omégas ici,
va-t'en.
j'avais prononcé des mots différents,
à présent, tu serais...
probablement à moi.

Félicitations !
Ce sont des jumeaux !

OÙ EST-CE QUE TU AS APPRIS À EXCITER QUELQU'UN COMME ÇA ?!
NNH !
PAF
NH !
PAF
JE TE SIGNALE QUE MA PREMIÈRE EXPÉRIENCE ÉTAIT AVEC TOI !
NE ME LÂCHE PAS.
PLIC
ÇA NE RISQUE PAS, C'EST LA PREMIÈRE FOIS
QUE JE FINIS EN TOI !

DES ENFANTS...
JE VEUX FONDER UNE FAMILLE AVEC TOI, UTÔ-SAN.
.....
TREMBLE
TREMBLE
DONNE-MOI TON...
NH...!
GUTCH...
HAA...
À L'INTÉRIEUR.

ATTENDS.
PLIC...
FUIP...
LE PRÉSERVATIF GLISSE !
NE BOUGE PAS, JE VAIS LE REMETTRE.
FROTTE
OK.
FUIP
HEIN ?
QUOI ?! UNE MINUTE !
TU...
QU'EST-CE QUE TU FAIS ?!
FLOUP
FLOUP
FINALEMENT, J'EN VEUX.
HEIN ?

JE T'AIME.
NH !
NH !
NH !
UUH !
NNH !
NH !
...TÔ-SAN !
UTÔ-SAN !
PAF
!
PAF
HAN !
UTÔ...
SAN !
PAF
HAN !
PAF
EÜH...!
AAH !
MA MÈRE POURRAIT RENTRER D'UNE MINUTE À L'AUTRE, TU PEUX CRIER MOINS FORT ?
C'EST QUE... JE N'ARRIVE PAS...
À ME RETENIR !

AVEC ÇA, PEU IMPORTE CE QUI ARRIVERA DANS LE FUTUR,
JE POURRAI TOUJOURS
TE RETROUVER.
TU ES INJUSTE, C'EST TROP SOUDAIN !
JE ME SUIS DIT QUE C'ÉTAIT LE MOMENT OU JAMAIS.

JE NE CONNAIS PAS TOUTES LES INQUIÉTUDES QU'ON PEUT AVOIR QUAND ON EST UN OMÉGA
MAIS
JE VEUX DEVENIR UN SOUTIEN POUR TOI.
OUI.
OUAH ! TU AS LES MAINS GELÉES !
HAA...
HAA...
J'AI OUBLIÉ MES GANTS AU BAR.
PASSE-LES-MOI !
HEIN ?

PARDON
DE T'AVOIR PARLÉ DE ÇA SANS RÉFLÉCHIR.
CE N'EST RIEN.
APRÈS AVOIR VU TA FAMILLE AUJOURD'HUI, JE CROIS QUE J'AI UN PEU CHANGÉ D'AVIS.
TU SAIS, JE SUIS VRAIMENT HEUREUX
D'ÊTRE TOMBÉ AMOUREUX DE TOI.
QU'EST-CE QUI TE PREND D'UN COUP ?
SI TU TE TOURMENTES AUTANT,
C'EST BIEN PARCE QUE TU ES SI GENTIL, SUMI.

TU M'AS DIT QUE TU VOULAIS QU'ON DEVIENNE UNE FAMILLE, PAS VRAI ?
OUI.
TU AS DÉJÀ RENCONTRÉ MON PÈRE IL ME SEMBLE ?
JUSTE UNE FOIS.
FSHH...
MES PARENTS ME CONSI-DÈRENT COMME UN SIMPLE OUTIL POUR GAGNER DE L'ARGENT,
ALORS JE NE COMPRENDS PAS BIEN CE QU'EST UNE FAMILLE CHALEUREUSE...
SI J'AI UN JOUR DES ENFANTS... JE NE SUIS PAS SÛR DE POUVOIR LES AIMER CORRECTE-MENT.
SUMI...
ET PUIS,
JE NE SAIS PAS COMBIEN DE TEMPS MON CORPS TIENDRA, CE SERAIT PEUT-ÊTRE IRRESPONSABLE D'AVOIR UNE DESCENDANCE.
ET PROBABLEMENT COMPLIQUÉ.

Je ne sais pas jusqu'à quand je pourrai rester avec Utô-san,
pourtant
quelqu'un...
de si gentil...
je ne veux surtout pas...
le laisser seul.
D'ACCORD ?

WHAM
TANT MIEUX. J'AI REMARQUÉ QUE QUELQUE CHOSE TE TRACASSAIT CES TEMPS-CI.
.....
TU VEUX BIEN M'EN PARLER ?
LE JOUR OÙ TU AS DÉCIDÉ DE TE FAIRE ENLEVER LA MARQUE, J'AI AUSSI PRIS UNE DÉCISION.
QUE CE SOIT TES JOIES OU TES PEINES,
JE VEUX TOUT PARTAGER AVEC TOI.
Je...

FSHH...
TA FAMILLE EST ADORABLE, UTÔ-SAN.
FSHH...
DÉSOLÉ, ILS SONT TOUJOURS TRÈS BRUYANTS.
TU DOIS ÊTRE FATIGUÉ.
PAS DU TOUT ! C'ÉTAIT MARRANT DE VOIR À QUEL POINT VOUS PARTAGEZ LE MÊME SANG !
QU'EST-CE QUE TU RACONTES ?
HAHA, ENFIN...
ÇA M'A DONNÉ LA PÊCHE.
.....

Je suis si heureux d'être en vie !

HIOUU !
SUMITOOO ! QU'EST-CE QUE TU PRÉPARES ?!
SWOUP !
MAMAN ! TU LUI AS DIT UN TRUC BIZARRE JE PARIE !
OOH !
C'EST CHAUD, C'EST CHAUD !
WHAM !
TU LE GÊNES, KEIKO !
Donne-moi ta recette !
BOBOM...
Grand frère adore les escalopes !
.....
PLIC...
PLIC...
AH... SUMI, EUH...

JE SUIS SOULAGÉE.
SHINGO EST PARFOIS TROP OBSTINÉ, N'EST-CE PAS ?
Je vais bloquer son numéro sur ton téléphone !
Mais arrête !!!
MIOM
MIOM
QUAND IL DÉPASSE LES BORNES, IL LE REGRETTE SOUVENT RAPIDEMENT,
ET EN TANT QUE MÈRE, JE ME FAIS ÉVIDEMMENT DU SOUCI POUR LUI.
POUR MA PART, J'AIME CE CÔTÉ DE SA PERSONNALITÉ.
REGARD
SILENCE...
Hum ?

Sérieux ?! Tu devrais rompre vite fait avec un mec pareil !
Pourquoi ?!
Tout est de ma faute à la base !
Peu importe ! Je viendrai le voir avec toi la prochaine fois !
QUOIII ?!
.....
C'EST DÉLICIEUX !!!
ÇA SE MARIE SI BIEN AVEC L'ALCOOL !
CONTENT QUE ÇA VOUS PLAISE !
APPRENDS-MOI À LES PRÉPARER LA PROCHAINE FOIS ! ♪
C'EST PLUTÔT À MOI DE VOUS DEMANDER ÇA !
VOTRE PLAT AU POULET ÉTAIT UN RÉGAL !
J'aimerais essayer de le cuisiner moi-même !
WHAM
TU M'EN VOIS RAVIE !

REGARD...
DÉSOLÉ... JE TE LES PRÉSENTERAI UN PAR UN TOUT À L'HEU...
CLANK
POF
HÉ, MAMAN !
LES CARTONS SONT PAS DANS LE GARAGE !
HEIN ?
Second fils Takeru
TIENS ?
C'EST QUI
AH !
Enchanté !
L'aîné des garçons Shingo
CE TYPE TROP MIGNON ?
HÉ ?!
On a toujours eu les mêmes goûts toi et moi, ça m'énerve !
HEIN ?!
GRIP
ENCHANTÉ, JE SUIS TSUYOSHI, LE CADET DE LA FAMILLE.
MERCI DE PRENDRE SOIN DE MON GRAND FRÈRE.
Fils de Keiko Yûta
AREUH !
Fils cadet Tsuyoshi
ENCHANTÉ ÉGALEMENT.
C'EST FOU COMME ILS SE RESSEMBLENT TOUS !

DING
DONG
CLANK
ON EST LÀÀÀ !
TENDU
OOOOH !
Mère Tsugumi
Seconde fille Kyôko
Les voilà !
OH !
L'aînée des filles Keiko
BIENVE-NUUUE !!!
J'ATTENDAIS AVEC IMPATIENCE DE VOIR QUEL GENRE DE PER-SONNE ALLAIT ME RAMENER MON DÉBAUCHÉ DE FILS !
HÉ !!!
GRIP
COURBETTE
ENCHAN
TÉ ?!
GRIP
JE SUIS LA MÈRE DE SHINGO, TSUGUMI ! ENCHANTÉE !
IMPOSSIBLE, IL EST TROP BEAU POUR SHINGO, QUEL GÂCHIS...
JE VEUX SAVOIR COMMENT A COMMEN-CÉ LEUR HISTOIRE D'AMOUR !
KYAA !
J'ai peur !

VROUUUM
DIS !
COMMENT EST TA MÈRE ?
ELLE RESSEMBLE PLUS À UNE GRANDE SŒUR EN FAIT.
HUM... C'EST UN GENRE DE MONSTRE ?
QUOI ?
ET TES FRÈRES ET SŒURS ? ILS SONT TOUS EXUBÉRANTS COMME TOI ?
SERRE
TU PLAISANTES ? JE SUIS TOUJOURS SÉRIEUX, MOI !
TU ES BIEN PLACÉ POUR LE SAVOIR !
HUMPF
.....
PINCE
AÏE !!!

HEIN ?
Je te disais...
TU NE VOUDRAIS PAS RENCONTRER MA MÈRE LA SEMAINE PROCHAINE ?
HEIN ?! SI SOUDAINEMENT ?! ET CE N'EST PAS UN PEU TÔT ?!
ON NE SORT PAS ENSEMBLE DEPUIS SI LONGTEMPS !
WHAM !
ON A POURTANT CONCRÉTISÉ QUASIMENT DE SUITE APRÈS TON EMBAUCHE.
CE N'EST PAS PAREIL !
JE DOIS ABSOLUMENT RENDRE VISITE À MA FAMILLE QUE JE N'AI PAS VUE DEPUIS UN BON MOMENT.
RÉFLÉCHIS-Y, ÇA ME FERAIT PLAISIR.
D'ACCORD.
THANK YOU !

TAP !
CRIIC
SSHH...
Inhibiteurs
Prévoir 30min pour
que ça fasse effet
UH !
PLIC
UUH !
PLIC
UH !
!

TAP ずた
TAP ずた
Sûrement à cause de ma condition.
Sa famille est si différente
de la mienne.

JE TE FAIS COULER UN BAIN ?
SNOUP
OUI, MERCI.
OK !
REGARD
CLAC
.....
Je ne peux pas lui dire...
Utô-san est toujours si doux quand on couche ensemble.
FUIP...
Mais je crois
que ça ne suffit pas pour mon corps.
Il a besoin de plus !

CRIIC
REGARD
DIS.
HUM ?
EUH...
C'EST MOI QUI T'AI FAIT CES GRIFFURES DANS LE DOS ?
PARDON, JE NE M'EN SOUVIENS PAS.
SMILE
CE N'EST RIEN !

DOULEUR...
AÏE !
CRR...
REGARD
ENCORE ! NE TE RETIRE PAS !
Sumi est vraiment...
JE T'EN PRIE !
passionné.
C'est super excitant !
ENCORE !

HAA !
AAH !
HAN !
HAA !
PAF
PAF
HAA !
HAN !
PAF
AAAH !
PAF
TU N'ES PAS TROP FATIGUÉ ?
NON ! NE T'ARRÊTE PAS !
PAF
PAF
IL NE M'ENTEND PAS.
BISOU
TREMBLE
NH !

DIS, TU AS ARRÊTÉ DE FUMER ?
OUI, JE RÉDUIS PETIT À PETIT.
POURTANT, ÇA NE ME DÉRANGEAIT PAS,
L'ODEUR.
C'EST BON, JE T'ASSURE.
QU'EST-CE QUI T'ARRIVE AUJOURD'HUI ?
CARESSE
POF
FAISONS-LE PLUSIEURS FOIS.
OK.

NON, JE NE PEUX PLUS ATTENDRE.
TU NE VEUX PAS ?
.....
FLIP
BISOU
GRAB
SNIF
SNIF
TU ME CHATOUILLES ! QU'EST-CE QU'IL Y A ?

Mon corps n'avait plus connu de grosses périodes de chaleurs depuis que j'étais marqué
et j'avoue que c'est dur de revenir à une vie où je dois faire attention.
Mais si les inhibiteurs font davantage effet par rapport à avant,
c'est probablement
parce qu'il est près de moi.
TU PEUX TE RETENIR UN PETIT PEU ? JE VOUDRAIS PRENDRE UNE DOUCHE.
CROC
HUM ?

UTOH
SASABE
CLANK
JE SUIS RENTRÉ !
SURSAUTE
DÉSOLÉ... ATTENDS, JE VAIS RAN...
FLIP
PAS LA PEINE, C'EST DIFFICILE POUR TON CORPS !
FLAP
GRAB
PARDON DU RETARD.
NH !

END

MERCI DE M'AVOIR TROUVÉ.
IDIOT.

LE COURS DE LA VIE EST INCROYABLE.
QU'EST-CE QUI TE PREND D'UN COUP ?
CE MONDE QUE JE DÉTESTAIS TANT AVANT,
ME SEMBLE UNE ILLUSION À PRÉSENT.
L'AMOUR PEUT DONC PARFOIS ÊTRE PLUS FORT QUE LE DESTIN.
POUR MOI, C'ÉTAIT TOI CETTE PERSONNE.

SUMI !

FRIIT...
C'EST BIENTÔT PRÊT !
CLING
UTÔ-SAAAN !
HÉ OH !
FSHH...
ON ARRIVE !

Car mon monde a changé
grâce à toi.

JE T'AIME.
TU ES LE SEUL EN CE MONDE QUI PEUT ME RENDRE AUSSI NUL !
!
AH, NE PLEURE PAS !
UUH !

VSH
VSH
JE PENSAIS ÊTRE UN PEU PLUS DOUÉ, J'AURAIS PU MIEUX FAIRE.
CRR
POF
QU'EST-CE QUE TU RACONTES ? C'EST UN SARCASME ?
AH NON, PAS DU TOUT.
C'EST JUSTE QUE MALGRÉ LES APPARENCES,
C'ÉTAIT EN VÉRITÉ LA PREMIÈRE FOIS DE MA VIE QUE J'ÉTAIS AUSSI PASSIONNÉ.
QU'EST-CE QUE TU VEUX DIRE ?

CUI CUI
CUI
CUI
MHH...
SILENCE...
WHAM !
REGARD
REGARD
AH.
BONJOUR !
ÇA VA TON CORPS ?
OUF...
FLIIP
OUI.

FUUH...!
FUUH...!
BISOU
NNNH!!!
FUUH...!
SPLURT
SPLURT
SPLURT
SPLURT
PLIC
À PRÉSENT, JE SUIS ENFIN
ENTIÈREMENT À TOI.

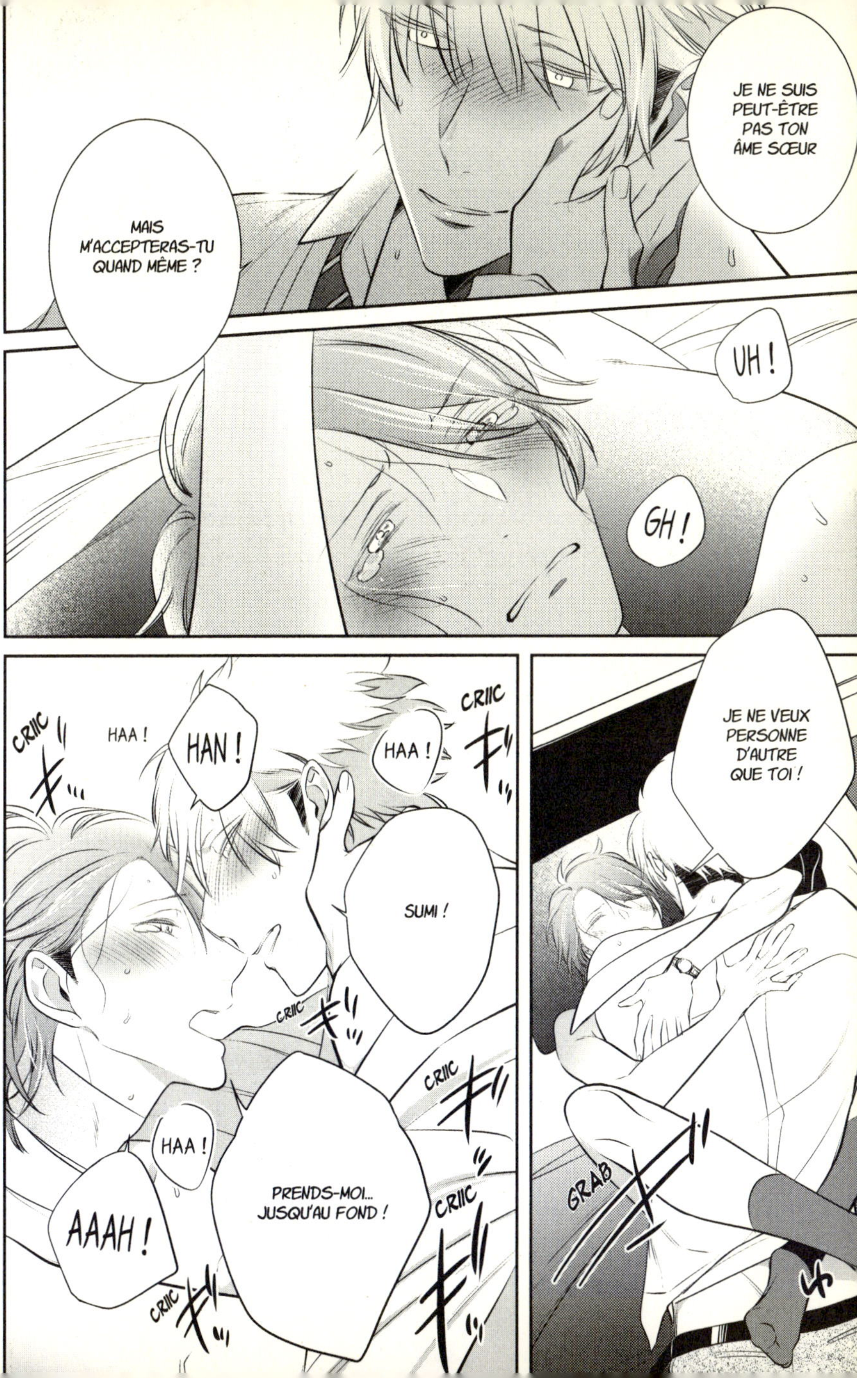
JE NE SUIS PEUT-ÊTRE PAS TON ÂME SŒUR
MAIS M'ACCEPTERAS-TU QUAND MÊME ?
UH !
GH !
JE NE VEUX PERSONNE D'AUTRE QUE TOI !
GRAB
CRIIC
HAN !
HAA !
HAA !
CRIIC
SUMI !
CRIIC
CRIIC
PRENDS-MOI... JUSQU'AU FOND !
HAA !
AAAH !
CRIIC
CRIIC

MOI AUSSI, J'AI PEUR.
JE SUIS TELLEMENT HEUREUX.
CAR APRÈS TOUT,
TU ES PRÈS DE MOI.
....
BISOU
NH !
MHH !

UTÔ-SAN !
HAA !
UTÔ-SA...
HAN !
CRIIC
HAA !
AAH !
HAA !
SUMI ?
CRIIC
SUMI !
FUUH...!
FUUH...!
CRIIC
CRIIC
FUUH...!
BISOU
NH !
BISOU
BISOU
NH !
FUUH...!
BISOU
CRIIC
CRIIC
HAA
SUMI, OUVRE LES YEUX ET REGARDE-MOI.
NH !
BISOU
HAA !
TREMBLE
IMPOSSIBLE ! J'ARRIVE PLUS... À RESPIRER !
CRIIC
TREMBLE
CRIIC
BISOU
BISOU
J'AI PEUR ! JE DEVIENS BIZARRE !
HAA !
POUIC

FROTTE
DÉSOLÉ,
J'AI ATTEINT MA LIMITE.
AAH !
CRIIC
GUTCH
PAF
ATTENDS, VA... DOUCEMENT !
PAF
GUTCH
PAF
CRIIC
!!?
HAN !
AAH !
CRIIC
HAAA !
HAAA !
NON !
AAH !
CRIIC
CRIIC
AAH !
PAF
PAF
GUTCH
GUTCH
AAH !
GUTCH
PAF
CRIIC
HAN !
AAH !
HAN !

TU NE VOUDRAIS PAS ÉCARTER LES JAMBES ? C'EST DIFFICILE DANS CETTE POSITION.
GRAB
PAS QUESTION,
PARCE QUE SINON,
TU VERRAS TOUT.
Ouah...
Trop sexy !
CRIIC
PAF !
TREMBLE
AAH !

PFOFF
FLOUP...
SI TU AS MAL, J'ARRÊTERAI.
GUUUTCH...
AAH !

DIS...
SRR
TU TE METTRAS EN COLÈRE SI JE TE DIS QUE J'AI ENVIE DE TE PÉNÉTRER ?
C'EST PAS JUSTE.
FROTTE
TES MAINS TREMBLENT !
DÉSOLÉ HEIN !
NON, AU CONTRAIRE.
FLIP
ÇA ME FAIT PLAISIR.

.....
JE T'AVAIS DIT DE ME LÂCHER, IDIOT !
POUFF !
AÏE !
MHH... ATTENDS.
CRIIC
HUM ?
ZUP
ZUP
ZUP
EUH... SI JE ME SOUVIENS BIEN...
AH, LE VOILÀ !
REGARD...
?
CRIIC...
GLOUPS
J'EN AI QU'UN PAR CONTRE.

SLURP
SLURP
!
HAA !
UH !
HAA !
NNH !
REGARD
!!!
HAA...
FLOUP
FLUIP
FLOUP
FLUIP
FLOUP
FLOUP
FLOUP
NH !
PLIC...
HAA !
ATTENDS ! STOP !
WHAM
SLURP
WHAM
SPLURT
LÂCHE-MOI !!!

MHH...
ぽ
TÊTE-BÊCHE.
PFOFF
HOP
MOI NON PLUS, JE N'AI JAMAIS
LÉCHER UN HOMME À CET ENDROIT, MAIS
J'AIMERAIS QUE TU TE SOUVIENNES DE LA SENSATION.
FLOUP...
NH !
SLURP
NNH !
TREMBLE

SLURP
SLURP
Aaah, sérieux...
Qu'est-ce que je suis en train de faire faire à mon si gentil employé ?
Sinon, je m'en doutais un peu, mais...
mais il est...
il est...
SLURP
SLURP
SLURP
carrément pas doué !!!
On dirait un chaton !
SLURP
FLUIP
FLUIP
NH !
À ce rythme, j'aurai même pas fini dans un an !!!
REGARD
Enfin, le fait qu'il ne soit pas habitué est malgré tout mignon.
Et j'aurais été choqué qu'il soit expérimenté...
NNH !
?
FUIP
DÉSOLÉ, TU PEUX TE TOURNER TÊTE-BÊCHE ?

ARRÊTE DE FAIRE CETTE TÊTE.
ÇA ME MET MAL À L'AISE.
Regard...
Ce truc...
FLOUP
va entrer en moi ?
L'INNOCENT SUMI-KUN NE RISQUE PAS DE ME LÉCHER, LAISSE TOMBER.
HUMPF...
NH !
SLURP !
!

C'EST TOUJOURS TOI, C'EST INJUSTE !
HEIN ? QUOI ?
CRIIC...
JE NE VEUX PAS ÊTRE LE SEUL
À EN PROFITER.
!
WHAM !
ICI !
HAA...
JE VEUX TE LÉCHER !
HAA
HAA...
HAA...
TU CASSES COMPLÈTEMENT L'AMBIANCE !!!
POUSSE
TCHAC
TCHAC
SURSAUTE
JE SAIS QUE TU TE RETIENS TOUT LE TEMPS !!!
....

MOI AUSSI, JE VEUX SAVOIR
CE QUE ÇA FAIT D'ENLACER LA PERSONNE QU'ON AIME VRAIMENT.
SWOUP
!?
HEIN ?!
ATT...!
QUE...
AH ?!
TREMBLE
AT-TENDS !
NON !
BISOU
BISOU
POUIC
FLOUP
FLOUP
POUIC
TREMBLE
?!
C'EST...
TREMBLE

FUUH...
BOBOM
POF
BOBOM
BOBOM
TU LE SENS ?
OUAH !
OUAH !
MON CŒUR BAT LA CHAMADE.
JE SUIS DANS CET ÉTAT PARCE QUE C'EST TOI.
BOBOM
IN-CROYABLE.
BOBOM
REGARD
JE VAIS FAIRE EN SORTE QUE TU NE TE SOUVIENNES QUE DU SEXE AVEC MOI.
STAC
STAC
PEU IMPORTE QUE TU SOIS EN PÉRIODE DE CHALEURS OU NON.

TU AS PEUR ?
IL N'A QUE DES SOUVENIRS DOULOUREUX EN RAPPORT AVEC LE SEXE,
NORMAL QU'IL SOIT EFFRAYÉ.
....
TU VEUX QU'ON ARRÊTE ?
REGARD
SST...
BISOU
STAC
STAC
GRAB
STAC

PFOFF !
!
FUIP
ATTENDS !
FUIP
BISOU
BISOU
BISOU
BISOU
AAH !
AAH !
!
DÉSOLÉ, ATTENDS...
BISOU
SWOUP

NH !
FFT
!
NNH !
NH !
NH !
NE SERRE PAS LES DENTS.
C'EST QUE...
!
AAH !
NH !
HAA !
FROTTE
BISOU
BISOU
BISOU

OK.
VIENS.
CRIIC...
GRAB
POF
TU TRANS-PIRES BEAU-COUP !
OUAH !
UH !
LA FERME !
C'est à cause du tricot dessous !
AH BON ?
SST

JE...
VOUDRAIS ESSAYER...
QUOI ?
ESSAYER...
POUR SAVOIR QUELLES SENSATIONS ÇA PROCURE D'ÊTRE ENLACÉ PAR TOI.
.....

JE VAIS CHERCHER UN SAC POUR QUE TU PUISSES RENTRER AVEC LES AQUARIUMS !
SWOUP
!
Attends...
Pardon, ce n'est pas que je ne veux pas...
Attends !
SURSAUTE
GRAB !
!!!

UNE MINUTE !!! J'ÉTAIS EN PÉRIODE DE CHALEURS À CE MOMENT-LÀ !
ガタ
BOM !
ET EUH...
MAINTE-NANT, JE... JE SUIS «SOBRE» SI ON PEUT DIRE !
JE NE SUIS PAS TRÈS, EUH...
CONFIANT !!!
ぱっ
SMILE
JE BLAAAGUE !
FROTTE
HA HA !
JE NE SUIS PAS DU GENRE À SAUTER SUR QUELQU'UN EN CONVALES-CENCE !
FROTTE
«ENLACE-MOI.»

!!!
FUIP
TU SAIS,
JE CROIS QUE J'AI ATTENDU ASSEZ LONGTEMPS.
ATTENDU... QUOI ?
TU PLAISANTES ?
TU AS OUBLIÉ CE QUE TU M'AS DIT CHEZ SHIRATORI ?

GROUIIIC
BLUUUSH
PFF !
PFF !
.....
GAAAAH !
HIII...!
HA HA
HA HA
J'AI FAIM ! JE VAIS PRÉPARER UN TRUC !!!
HAA ...
SST
GRMBL
CLAC
GRMBL
On aurait dû acheter plus de choses, le frigo est vide...
GRMBL
GRMBL

JE SUIS SOULAGÉ.
SI TU AVAIS VOULU CONSERVER CE TRAVAIL, JE CROIS QUE JE T'AURAIS SUIVI TOUS LES JOURS...
J'AURAIS VRAIMENT ÉTÉ TROP JALOUX !
HA HA HA HA
HAHA ! QU'EST-CE QUI TE PREND ?
ÇA NE TE RESSEMBLE PAS !
POUIC
NE RIS PAS !
JE SUIS SÉRIEUX, TU SAIS !
Dé...
DÉSOLÉ...
PARCE QUE TU ME RENDS DINGUE.
FUIP...

Utô
BLUP
ふよ
BLUP
ふよ
BLUP
ふよ
BLUP
ふよ
J'ÉTAIS SUPER INQUIET... MERCI !
L'eau est si claire...
TU REMERCIERAS LE PATRON DU BAR, C'EST LUI QUI M'A PRÉVENU DE M'EN OCCUPER QUAND TU AS ÉTÉ HOSPITALISÉ.
JE LEUR AI CAUSÉ BEAUCOUP DE SOUCIS EN M'ABSENTANT AUTANT.
QU'EST-CE QUE TU COMPTES FAIRE POUR LE CLUB ?
JE SUIS EN CONGÉ MALADIE POUR L'INSTANT MAIS JE PENSE QUE JE VAIS ARRÊTER DANS LA FOULÉE.
CONTINUER AVEC MON CORPS ACTUEL SERAIT...
CRIIC...
GRAB

Je vais reprendre le cours de ma vie d'avant.
J'ai l'impression d'être redevenu un nouveau.
C'est sûr qu'être un oméga sans partenaire tel que moi fait beaucoup de bruit
mais
une chose a bien changé depuis mon embauche.
REGARD
BON RETOUR !
JE T'ATTENDAIIIS ! JE PEUX TE CONFIER UN BOULOT DIRECT ?!
COURBETTE
ÉVIDEMMENT !
Cet homme est à présent le plus important au monde pour moi.
Film à la diffusion prévue en automne
Tu es libre ce soir ? Je te rendrai tes poissons dont je me suis occupé.

BREF, NOUS FERONS ATTENTION DE NE PAS MÉLANGER TRAVAIL ET VIE PRIVÉE !
SWIP
MERCI D'AVANCE !
BONNE SOIRÉE !
CLAC
CRR...
BAM !
Cinq jours plus tard
BROUHAHA
BROUHAHA
BROUHAHA
PARDON D'AVOIR ÉTÉ ABSENT TROIS SEMAINES.
PFF...
J'AI CAUSÉ BEAUCOUP D'ENNUIS.
MERCI DE M'ACCUEILLIR À NOUVEAU À PARTIR D'AUJOURD'HUI.

VOUS QUI UTILISEZ LES OMÉGAS POUR VOTRE STATUT,
JE VOUS FERAI DESCENDRE DE VOTRE PIÉDESTAL.
KOFF !
BEUH !
NOUS AVONS CHANGÉ PENDANT VOS MANIGANCES.
NOUS AVONS BRISÉ LES CODES POUR DEVENIR CE QUE NOUS SOUHAITIONS RÉELLEMENT.
CAR APRÈS TOUT, C'EST CERTAINEMENT ÇA, «VIVRE».

ON VA VIVRE TOUS LES DEUX,
VOILÀ CE QUE NOUS AVONS DÉCIDÉ.
DONC,
BOM
SI VOUS TOUCHEZ ENCORE À SASABE,

JE N'Y SUIS POUR RIEN, C'EST L'ENTREPRISE DE SHIRATORI-SAN
QUI A EXIGÉ QU'ON NOMME SASABE RESPONSABLE DU PROJET, SINON ILS NOUS LAISSENT TOMBER.
POURQUOI ILS ONT CHANGÉ D'AVIS ?
J'AIMERAIS BIEN LE SAVOIR MOI AUSSI.
Lui alors...
BREF, C'EST DÉCIDÉ COMME ÇA.
SINON, COMMENT VA SASABE ?
IL EST HOSPITALISÉ, C'EST ÇA ? QU'EST-CE QU'IL A ?
AH...
EUH... IL ÉTAIT TROP FATIGUÉ... ET...
NON...
EN VÉRITÉ, IL S'EST FAIT OPÉRER POUR EFFACER SA MARQUE.
HEIN ?!
À QUOI IL PENSE ?! IL NE POURRA PLUS...

Dis à Sasabe-kun que je compte sur lui quand il reprendra le travail.
?
QU'EST-CE QUE ÇA SIGNIFIE ?
POUR ÊTRE FRANC, JE N'AI PAS TRÈS ENVIE QU'IL TE REVOIE.
Demande à Hio-san.
À plus.
HÉ !
BIP
TUUT...
Shiratori
Fin d'appel
TUUT...
....?
QUOI ?

Salut.
Merci pour l'autre jour.
JE ME DOUTAIS QUE TU M'APPELLERAIS BIENTÔT.
COMMENT VA SASABE-KUN ?
Il va bien, merci.
Il pourra sortir de l'hôpital dans quelques jours.
C'est pour te l'annoncer que je t'ai téléphoné.
JE VOIS, TANT MIEUX.
Désolé de t'avoir dérangé, je te laisse.
Ah, attends.

SASABE-KUUUN !
SRRR
TAP
TAP
BAM
JE VIENS PRENDRE TA TEMPÉRATURE !
?
AÏEEEE !
OUIII !
HAA !
HAA !
HAA !
FFT...
.....
Allô ?
Shiratori à l'appareil.

Oui,
son odeur est si réconfortante...
Je ne tremblerai plus.
JE SUIS SI SOULAGÉ !
?
DE POUVOIR TE TOUCHER NORMALEMENT À NOUVEAU.
.....
FFT...

LE PLUS IMPORTANT EST QUE TU RESTERAS À MES CÔTÉS POUR TOUJOURS, UTÔ-SAN.
TU AS RAISON.
Aah...

TU T'IN-QUIÈTES POUR LE FUTUR, N'EST-CE PAS ?
GRIP
JE N'AI QUE 22 ANS TU SAIS, 11 ANS DE MOINS QUE TOI.
J'AI ENCORE LE TEMPS.
D'AILLEURS, JE VAIS SÛREMENT TE CAUSER PAS MAL DE PROBLÈMES À L'AVENIR !
JE VEUX SIMPLEMENT... TON BONHEUR.
EH BIEN, JE SUIS MAINTENANT LE PLUS HEUREUX DU MONDE.
LA DURÉE DE VIE NE FAIT PAS TOUT, TU NE CROIS PAS ?
ET PUIS...

JE SUIS RAVI.
J'AVAIS ENVIE DE TE VOIR.
AH BON ?
FROTTE
SWIP...
Fuuh...
ふぅ…
ROOOH !
TU COMPTES DÉPRIMER ENCORE LONGTEMPS ?
GRAB
HEIN ?

ÇA VA ? COMMENT TU TE SENS ?
FUIP
J'AI... UN PEU MAL À LA TÊTE... ET DES NAUSÉES MAIS ÇA VA.
ATTENDS, JE VAIS APPELER UN MÉDECIN !
GRAB
PLUS TARD, JE VEUX QU'ON DISCUTE TOUS LES DEUX.
PFF...
ET PUIS...
BUUH
JE NE TE DIS PAS LA TÊTE QUE TU FAIS !
HU
HU
HU
!!!
LE MÉDECIN M'A DIT QUE TU VENAIS ME VOIR TOUS LES JOURS APRÈS LE BOULOT.
MERCI.
TU ÉTAIS RÉVEILLÉ ? PRÉVIENS LA PROCHAINE FOIS !
HA HA
HA HA
C'EST PARCE QUE J'ÉTAIS SI CONTENT QUE TU SOIS LÀ QUE...

Il ne pourra probablement pas vivre aussi longtemps que moi
alors qu'il est bien plus jeune.
Pourquoi c'est toujours lui qui doit souffrir ?
PIT
!?
WIP
MHH...
SUMI !!!
OUF !
UTÔ-SAN.

tout cela risque d'écourter votre vie.
Enlever la marque d'un alpha peut entraîner de lourdes complica-tions.
CARESSE...
Je suis vraiment désolé mais
beaucoup d'omégas qui ont subi l'opération meurent assez jeunes.

Il a maigri…
....
CRR...
En vérité,

BIP
BIP
BIP
L'opération est terminée.
BIP
Son corps est à présent libéré de la marque.
BIP
Les effets secondaires étant considérables le temps que les hormones agissent, il doit rester à l'hôpital quelques semaines.
BIP
DÉSOLÉ D'ÊTRE EN RETARD !
FUIP
TIENS, UN CADEAU DU PATRON DU BAR ! ILS ATTENDENT TOUS TA VISITE AVEC IMPATIENCE !
ET ÇA, C'EST DE LA PART DE KARASUMA ET DES COLLÈGUES !
ON DIRAIT PAS, MAIS ILS SONT SYMPAS EN...
FAIT...

Dernier chapitre
La vie est une succession de choix.
Quand on en fait un,
on peut perdre beaucoup de choses au passage.
Pourtant, le futur que nous avons choisi
est bien plus étincelant que tout ce que nous avons vécu jusqu'ici.
Il est probablement
ce que nous chérissons le plus au monde.

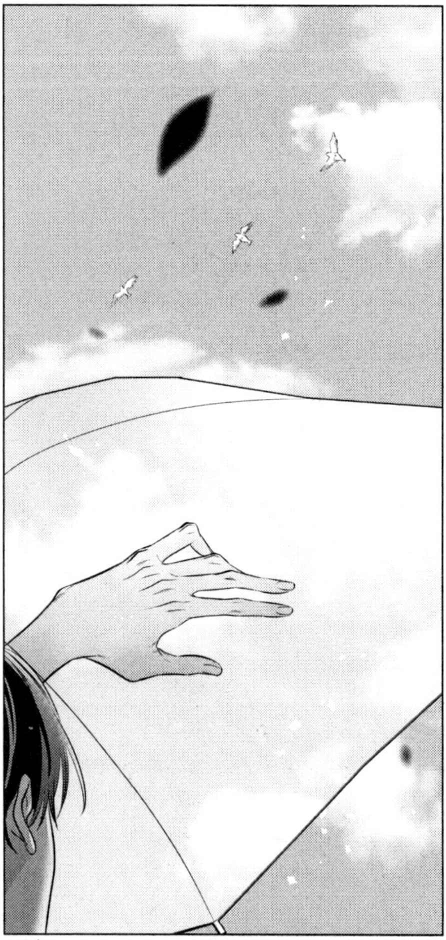

MON CORPS ET MON CŒUR T'APPARTIENNENT ENTIÈREMENT.
ALORS...
CROIS EN MOI.
TU NE DEVRAS PLUS JAMAIS
LÂCHER SA MAIN.

JE VEUX MALGRÉ TOUT VIVRE AVEC TOI !!!
MA VIE N'ÉTAIT QUE SOUFFRANCE !
MAIS DEPUIS QUE JE T'AI RENCONTRÉ,
J'AI COMPRIS QUE J'AVAIS LE DROIT D'ÊTRE HEUREUX, MOI AUSSI !
JE NE VEUX PLUS ABANDONNER.

NON ! PAS QUESTION QU'IL SE FASSE OPÉRER DANS CE CAS !!!
WHAM !
HORS DE QUESTION !!! IMPOSSIBLE !!!
POURQUOI ?!
GRAB !

SAVEZ-VOUS POURQUOI IL Y A SI PEU D'OMÉGAS DANS LE MONDE ?
NON.
À L'ORIGINE, LES OMÉGAS SONT UNE ESPÈCE ASSURANT LA DESCENDANCE DES EXCELLENTS ALPHAS.
C'EST POURQUOI QUAND ILS NE SONT LIÉS AVEC PERSONNE, ILS SUBISSENT DE FORTES PÉRIODES DE CHALEURS ET LE REGARD SÉVÈRE D'UN BON NOMBRE DE GENS,
CE QUI EST UNE ÉPREUVE PARTICULIÈREMENT DIFFICILE PHYSIQUEMENT ET MORALEMENT.
TRÈS PEU D'OMÉGAS RENONCENT À LEUR MARQUE ALORS CETTE INFORMATION N'EST PAS CONNUE MAIS...
EN VÉRITÉ...
TOUT CELA RISQUE D'ÉCOURTER VOTRE VIE.

certifie être conscient
Nom : Yuu Shiratori
Médecin en charge :
QUAND UN OMÉGA EST MORDU, L'ALPHA TRANSFÈRE SES GÊNES DANS LE CORPS DE CE DERNIER.
NOUS POUVONS LES DÉTRUIRE GRÂCE À UNE INTERVENTION CHIRURGICALE, CEPENDANT...
JE SUPPOSE QUE VOUS ÊTES AU COURANT MAIS VOUS NE POURREZ PLUS JAMAIS ÊTRE MARQUÉ PAR UN AUTRE ALPHA APRÈS ÇA.
OUI.
ET UNE DERNIÈRE CHOSE TRÈS IMPORTANTE...

FINALEMENT, J'AI FAIT À SASABE-KUN CE QUE JE N'AVAIS PAS PU FAIRE AVEC MON FRÈRE.
J'ÉTAIS PERSUADÉ QUE, COMME LUI, IL NE POURRAIT RÉSISTER À SON INSTINCT
ET QU'IL CHOISIRAIT DE RESTER LIÉ.
EN VOUS VOYANT, J'AI...
LES OMÉGAS SONT COMPLIQUÉS.
OUI, SÛREMENT.
MAIS À L'ORIGINE,
CUI
CUI
C'EST LE CŒUR DE TOUS LES HUMAINS QUI EST COMPLEXE.

UTÔ-KUN, JE N'AI JAMAIS PU PARDONNER
QU'UN BÊTA COMME TOI AIT PU ME DÉPASSER... ET SURTOUT...
J'ÉTAIS AGACÉ QUE TU AGISSES SI NATURELLE-MENT AVEC LES OMÉGAS.
TU ARRIVAIS À FAIRE TOUT CE QUE JE NE POUVAIS PAS.
JE NE M'EXCUSERAI PAS POUR ÇA
Fuip
PARCE QU'EN TANT QUE BÊTA, JE NE COMPRENDS PAS BIEN CE GENRE DE CHOSES.

DANS CE MONDE OÙ LES OMÉGAS SONT TRAITÉS COMME DES MOINS QUE RIEN,
ILS N'ONT D'AUTRE CHOIX QUE D'ÊTRE MARQUÉS...
.....
QUAND J'AI ÉTÉ PRIS À KAIEI, J'AI FAIT PROMETTRE À MON PÈRE
DE ME LAISSER M'OCCUPER DE MON FRÈRE SI MON TRAVAIL LE SATISFAISAIT.
MAIS CE SOUHAIT NE S'EST JAMAIS RÉALISÉ.
LE JOUR OÙ TU ES MONTÉ SUR CETTE ESTRADE,
MON PÈRE ÉTAIT PRÉSENT DANS LA SALLE EN TANT QUE CONSEILLER EXTÉRIEUR.
PEU APRÈS, MON FRÈRE FUT ENVOYÉ DANS UNE AUTRE MAISON POUR ÊTRE MARQUÉ.
JE CROIS QUE MON PÈRE N'AVAIT JAMAIS EU L'INTENTION DE TENIR SA PROMESSE EN RÉALITÉ.

QUASIMENT SÉQUESTRÉ, J'AI TENTÉ UNE FOIS DE M'ENFUIR AVEC LUI.
RÉSULTAT, ILS NOUS ONT RETROUVÉS ET J'AI ÉTÉ MOI AUSSI INTERDIT DE SORTIR PENDANT UN MOMENT.
C'EST IGNOBLE...
IMPOSSIBLE DE LEUR EN VOULOIR.
PARCE QUE CE GARÇON ÉTAIT EN VÉRITÉ MON FRÈRE JUMEAU.
NOUS AVIONS LE MÊME VISAGE ET LE MÊME ÂGE POURTANT NOTRE NATURE NOUS RENDAIT SI DIFFÉRENTS.
J'AVAIS L'IMPRESSION DE DEVENIR DINGUE.

JE CONNAISSAIS UN OMÉGA QUI VOULAIT ÊTRE MARQUÉ.
ON S'ENTENDAIT TRÈS BIEN DEPUIS TOUT-PETITS,
ET IL ME RÉPÉTAIT SANS CESSE QU'IL SOUHAITAIT QUE CE SOIT MOI SON PARTENAIRE.
En tant qu'alpha, tu dois devenir un humain digne de ton rang.
MAIS MA FAMILLE, QUI FAISAIT PARTIE DE L'ÉLITE,
ÉTAIT TRÈS STRICTE ET VOYAIT LES OMÉGAS D'UN MAUVAIS ŒIL.

CE QUE SUMI T'A DIT À CE MOMENT-LÀ...
TU AS ENTENDU ?
EST-CE QUE J'AURAIS FAIT QUELQUE CHOSE DE MAL ?
TU ES AMOUREUX DE QUELQU'UN APPAREMMENT.
HA HA !
JE N'AIME VRAIMENT PAS DISCUTER AVEC TOI !
ARGH...
CUI
CUI
.....
CUI

BIP
C'EST SIMPLEMENT UN LÉGER CHOC ET UN MANQUE DE SOMMEIL TEMPORAIRE.
BIP
IL DOIT JUSTE SE REPOSER QUELQUE TEMPS.
JE VOIS.
CONCERNANT L'HISTOIRE QUE VOUS M'AVEZ RACONTÉE, IL VAUT MIEUX ATTENDRE UN PEU AVANT DE LUI EN REPARLER.
ENTENDU.
MERCI.
SHKAC
CLAC
ON PEUT ALLER PARLER QUELQUE PART ?

TAP
すた
TAP
すた
JE TIENDRAI
SHH...
す
MA PROMESSE.
SUMI !
POF
ぽふ
.....
REGARD
Tu devras assumer ses blessures
ainsi que son avenir.

Ne me touche pas !
Tu me dégoûtes !
Cet homme est mon partenaire à présent.
Pourquoi vous êtes autant...
C'EST BON.

Pourquoi...
Si seulement tu me marquais, Yuu...
ÇA SUFFIT.
Pourquoi ?

UUH !
PARDON,
UTÔ-SAN...
PLIC
JE...
PARDON !

HAA...
HAA...
GUTCH
UTÔ-SAN, VAS-Y !
TU PEUX M'ÉTREINDRE.
NE DIS PAS N'IMPORTE QUOI.
BLUSH !
HORS DE QUESTION QUE JE T'ENLACE DEVANT UN AUTRE HOMME.
!
AAH !
AT-TENDS !
TREMBLE
NNH !
SPLURT
TREMBLE
FLOUP

HAA...
FFT
JE SAIS QUE C'EST DUR...
JE VAIS Y ALLER DOUCEMENT.
HUM...
FLOUP
FLOUP
SUMI, TOURNE-TOI.
!!!
FUIP
NON, MA BOUCHE EST SALE !
NNH !

KOFF !
DOULEUR...
UUH !
BEUH !
GH !
BISOU
AH !
BISOU
OUAH !

CRIIC...
TREMBLE
UH !
NH !
!
CARESSE...
FLIP...
TREMBLE

MÊME SI...
CRR...
FUIP...
MÊME SI LA MARQUE DEVAIT RESTER,
QUOI QU'IL ARRIVE,
EST-CE QUE TU VOUDRAS BIEN VIVRE AVEC MOI ?
......
SERRE...
ÉVIDEMMENT.
MERCI !

!?
ATTENDS !
C'EST TROP DUR POUR TOI POUR L'INSTANT !
PEU IMPORTE !!!
PEU IMPORTE, ENLACE-MOI.
NH...

SI VOUS AIMEZ TOUJOURS CETTE PERSONNE...
ALORS N'ABANDONNEZ PAS.
TAP
SURSAUTE
TU SAIS CE QU'IL VA T'ARRIVER ?
SI JE TE RELÂCHE, TU...

CELUI QUE TU VEUX ENLACER EST UTÔ-KUN, NON ?
REGARD
!
GRIP
PROMETTEZ-MOI UNE CHOSE...
SI ON VOUS PROUVE QU'ÊTRE LIÉ NE SIGNIFIE PAS QUE NOTRE CŒUR OU NOTRE CORPS
APPARTIENT ENTIÈREMENT À QUELQU'UN,

MONTRE-MOI QUE L'AMOUR PEUT GAGNER CONTRE L'INSTINCT.
CRR
TAP !
!!!
POUSSE !
HAA...
HAA...
HAA...
NE ME REGARDE PAS AVEC TANT DE DÉSIR DANS LES YEUX.

CARESSE…
QUE VOTRE LIEN EST BIEN PLUS FORT QUE MA MORSURE.
ARRÊTE !
TU ES BRÛLANT.
TU AS ENVIE DE MOI.
TREMBLE
BISOU
UH !
FUIP
JE ME TROMPE ?
SERRE

ALORS, SI JE TE LIBÉRAIS DE TES CHAINES
DE PARTENAIRE ?
!
MAIS À UNE CONDITION.
GRAB
PROUVEZ-MOI

SASABE-KUN, TU AS DÉJÀ TROUVÉ TA RÉPONSE.
?
N'EST-CE PAS ?
.....
GRAT...

GRAB !
PERSONNEL-LEMENT,
TA POSITIVITÉ, TA FRANCHISE DIRECTE ET TON INSOUCIANCE VIS-À-VIS DES CONSÉQUENCES,
JE LES AI TOUJOURS DÉTESTÉES !
DEPUIS CETTE ÉPOQUE.
ENFIN...
FUIP
J'AI PEUT-ÊTRE LÉGÈREMENT CHANGÉ D'AVIS.

SNIF !
ずび…
TANT PIS SI ON NE PEUT PAS SE LIER.
SERRE...
ぎゅっ
S'IL EST D'ACCORD,
JE VEUX LE RENDRE HEUREUX PAR MOI-MÊME.

JE NE PENSE QU'À LUI CES TEMPS-CI,
ET JE LE REGARDE CONSTAMMENT SANS M'EN RENDRE COMPTE.
PARFOIS, JE RÉALISE QUE JE NE DEVRAIS PAS RESSENTIR ÇA EN TANT QUE SUPÉRIEUR.
J'AI VRAIMENT ÉTÉ LENT À COMPRENDRE,
MAIS...
JE VEUX VOIR SUMI SOURIRE À MES CÔTÉS.

DE VOIR SUMI VIVRE AVEC QUELQU'UN D'AUTRE.
JE SAIS QUE TU ME DÉTESTES,
ET PEU IMPORTE CE QUE TU ME FERAS SUBIR, MAIS...
SUMI EST LE SEUL.

SI TU ES VENU EXPRÈS JUSQU'ICI...
C'EST QUE TU AS AUTRE CHOSE À ME DIRE, N'EST-CE PAS ?
POUSSE
VA DROIT AU BUT.
.....
JE...
SERRE...
JE NE PEUX PLUS LE SUPPORTER.

!?
GRAB !
ARRÊTE.
SUMI ?
IL NE FAUT PAS.

BAM !
JE T'AVAIS DIT DE NE PAS LE FAIRE SOUFFRIR !!!
JE TE SIGNALE QUE SI TU L'AVAIS ACCEPTÉ DÈS LE DÉPART, SASABE-KUN NE SE SERAIT PAS TOURNÉ VERS MOI.
J'AI TORT ?
....
BOBOM
TU N'AVAIS QU'À TE DÉPÊCHER DE LE FAIRE TIEN, COMME À CETTE ÉPOQUE.
COMME POUR KARASUMA.
GRAB !
TOI !!!

QU'EST-CE QUE TU AS DIT À SUMI ?
JUSTE QUE JE LE RENDRAI HEUREUX EN TANT QUE PARTENAIRE,
DÈS MAINTENANT ET POUR LA VIE.
CARESSE...
HAA...
CE N'EST PAS TOUT, NON ?
HAA...
JE LUI AI AUSSI AVOUÉ QUE JE L'AVAIS APPROCHÉ À CAUSE DE TOI.
DE TOUTE FAÇON, IL ÉTAIT SUR LE POINT DE LE DÉCOUVRIR.
!

Chapitre 13

Aah... J'en suis sûr à présent.
Je veux passer le reste de ma vie avec lui.
Ne serait-ce qu'une minute.
Une seconde de plus.
Autant que possible.
Pour toujours.
Je ne sais pas si je fais le bon choix,
seulement,
tu es le seul
que j'aime en ce monde.

NON, IL NE FAUT PAS !
C'ÉTAIT MOINS UNE !
ÇA NE TE RESSEMBLE PAS.
«POUR L'INSTANT», ON NE PEUT PAS.
!
ON DOIT D'ABORD CLARIFIER LA SITUATION
ET UNE FOIS QUE TU SERAS ENTIÈREMENT À MOI,
JE T'ENLACERAI JUSQU'À EN MOURIR.

Notre nature
GRAB
ATT...
fait que nous ignorons ce que nous voulons vraiment et comment l'acquérir.
FROTTE
FROTTE
Incapables de contrôler nos émotions, nous perdons nos souvenirs et notre raison.
AAH !
HAA !
HAA !
ZIIP...
Face au plaisir,
nous sommes impuissants.
S'IL TE PLAÎT...

J'ai mal à la tête,
je n'arrive plus à réfléchir.
CROC...
REGARD
Mais...
HAA...
!?
GRAB
Nous, les omégas, nous le savons bien.
HÉ...
GRIP

Fuip
Fuip
JE M'EN OCCUPE.
TU NE TE SENS PAS BIEN QUAND JE TE TOUCHE ?
POUR L'INSTANT, ÇA VA...
FUUH...
JE VOIS BIEN QUE NON.
Je dois vite le soulager.
OK.
!
CRIIC...
TREMBLE
...
GUTCH
FLOUP
AAH !
GUTCH
AAH !

FFT
HAA...
Mes doigts sont aspirés...
UH !
AAH !
FLOUP...
UUH !
On dirait qu'il me dévore...
UH !
FUIP
!
GRAB

!!!
FLOUP
ATT...
HAA...
AAH !
SI JE ME SOUVIENS BIEN,
!
UH !
TU AIMES ICI...
AAH !
HAN !
BISOU
BISOU
POUIC
TREMBLE
BISOU
AAH !
NON !

C'EST BIENTÔT TA PÉRIODE DE CHALEURS ?
TCHAC
TCHAC
OUI...
SST
TU MOUILLES.
NE REGARDE PAS...

SHIRATORI-SAN ME L'A DIT AUSSI.
«ÊTRE MARQUÉ EST UNE BÉNÉDICTION POUR LES OMÉGAS.»
MAIS MOI,
CE QUE JE VEUX VRAIMENT, C'EST...
EST-CE QUE TU POURRAIS...
M'ENLACER ENCORE UNE FOIS ?

J'ai toujours envié les omégas avec une marque sur la nuque.
Mes parents étaient deux omégas sans partenaire,
ils ne faisaient que souffrir et se consoler mutuellement.
Je ne voulais surtout pas devenir comme eux.
J'ÉTAIS PERSUADÉ QU'EN ME LIANT À QUELQU'UN,
J'AURAIS UN AVENIR HEUREUX !

HUMPF
QU'EST-CE QUE TU FAISAIS DEVANT L'IMMEUBLE ?
IL S'EST PASSÉ QUELQUE CHOSE AVEC SHIRATORI ?
......
QUAND JE ME SUIS ENFUI DE CHEZ MOI À L'ÉPOQUE, C'EST ICI QUE JE SUIS VENU.
CLUB
C'EST UNE HABITUDE IL FAUT CROIRE...
JE N'AI NULLE PART AILLEURS OÙ ALLER...
......
J'AI RÉFLÉCHI
À CE QUE JE DÉSIRAIS VRAIMENT.

Euh...
J'Y PENSE, C'EST DANS CE BAR QU'ON S'EST RENCONTRÉS LA PREMIÈRE FOIS.
AH... OUI, C'EST VRAI.
SWOUP !
POURQUOI TU M'AS ADRESSÉ LA PAROLE CE JOUR-LÀ D'AILLEURS ?
SWIP
Ça...
ÇA N'A PAS D'IMPORTANCE !!!
Heiiin...
EST-CE QUE PAR HASARD...
NIARK
NIARK
J'ÉTAIS TON TYPE ?
BLUSH !
FLAP !
PAS DU TOUT !!!
SÉRIEUX ?
Ne me fixe pas !
Plus blasé que prévu.
FUIP

OUAAH...
TU ES SÛR QUE LE PATRON NE SERA PAS EN COLÈRE QU'ON SOIT RENTRÉS DANS LE CLUB UN JOUR DE FERMETURE ET SANS PERMISSION ?
NON, CE N'EST PAS GRAVE.
IL NE SAIT MÊME PAS QUE J'AI PIQUÉ UN DOUBLE DES CLÉS.
Oh, thank you !
Tiens, une serviette.
HAHA !
SÉRIEUX ?! TROP DRÔLE !
FROTTE
FROTTE
.....
SILENCE...

PARDON !
GRIP
JE SUIS VRAIMENT DÉSOLÉ !
FUIP...
JE T'AI TROUVÉ CETTE FOIS...
FROTTE...
PARDON... TOUT EST DE MA FAUTE...
J'AI FAIT QUELQUE CHOSE D'IRRÉPARABLE...
C'EST BON...
J'AIMERAIS QU'ON DISCUTE TOUS LES DEUX.

SUMI !!!
....
UTÔ... SAN...
UTÔ-SAN !
GRAB !

CLAC
Où il est ?
Où...
!
DRIING

CETTE FOIS, JE VAIS TE TROUVER !
BIP

BIP
AH !
ALLÔ...
Il a décroché !
ALLÔ ? SUMI ?
QU'EST-CE QUI SE PASSE ? TU PLEURES ?
BLA
BLA
.....
TUT TUT !
IL EST À L'EXTÉRIEUR ?
BROUHAHA
BROUHAHA
J'AI DÉJÀ ENTENDU... CETTE CHANSON...
!!!
Le bar !
ATTENDS ! JE VIENS TE CHERCHER TOUT DE SUITE !
J'AI ENVIE DE TE VOIR ! D'ACCORD ? NE BOUGE PAS !

Je...
TRRRR
Je veux que Sumi sourie.
Je ne veux plus le voir avec cette expression.
TRRRR
SERRE...
Alors si c'est possible,
s'il me pardonne,
je veux l'enlacer tout de suite.
BIP

TRRRR
TRRRR
J'ai bien réfléchi depuis l'autre jour.
SHHH...
TRRRRR
Et toi, tu seras heureux ?
Pour quelle raison je n'ai pas réussi à répliquer
Si tu le rends triste, alors...
CRR
tout en sachant que Sumi se fait manipuler par ma faute ?
C'est parce que...

CLAC
FLAP
EST-CE QU'IL VA VRAIMENT LE CHOISIR LUI ?
TU N'AS POURTANT PAS PRIS CETTE VOIE,
REGARD
GRAND FRÈRE.

Je...
Ce que je désirais réellement, c'était...
Si ça continue, je ne pourrai plus jamais m'éloigner de cet endroit
CLANK !
alors...

T'EN FAIS PAS,
J'AI BIEN L'INTENTION DE TE RENDRE HEUREUX.
TAP
D'AILLEURS, TON INHIBITEUR NE VA BIENTÔT PLUS FAIRE EFFET.
VIENS.
GRAB
JE VAIS T'ENLACER.

OUI, JE T'AI UTILISÉ.
ET J'EN SUIS DÉSOLÉ
SERRE
.....
SHIRATORI-SAN.
EN VÉRITÉ, CE QUE VOUS DÉSIREZ LE PLUS, C'EST...
«.....»

Je le comprends.
Alphas, bêtas, omégas.
Nous sommes obligés de vivre enfermés dans ces catégories
où les émotions et la raison importent peu.
Je voulais être libre moi aussi.
Dans ce monde, les sentiments restent des illusions,
même pour un alpha tel que lui,
alors je le comprends.

TIC
TAC
TIC
TAC

QUEL EST VOTRE BUT EXACTEMENT ?
SI VOUS DÉTESTEZ TANT UTÔ-SAN...
MÊME APRÈS AVOIR FAIT DE MOI VOTRE PARTENAIRE, VOUS DEVEZ AVOIR UN PLAN POUR L'AVENIR.
Je le savais.
Tu me comprends.
TU ES PERSPICACE.
JE NE DÉTESTE PAS ÇA CHEZ TOI.
RACONTEZ-MOI S'IL VOUS PLAÎT.
VOTRE HISTOIRE.

FROTTE...
TON CORPS N'ACCEPTE PLUS PERSONNE À PART MOI À PRÉSENT.
!!!
POUSSE !
VOUS AUSSI !
VOUS AUSSI, CE N'EST PAS MOI QUE VOUS VOULEZ À VOS CÔ...
BAM !
SURSAUTE
DÉSOLÉ, JE N'AIME PAS LES GENS
QUI INSISTENT LOURDEMENT.
HAA...
HAA...
PARDON.
HAA...
......

WHAM
EN VÉRITÉ, JE DÉTESTE LES GENS QUI SONT OBLIGÉS DE PRENDRE DES MÉDICAMENTS POUR CONTRÔLER LEUR CORPS.
JE T'AI EN EFFET UTILISÉ,
DÉSOLÉ.
J'ÉTAIS AU COURANT DE TOUT.
MAIS FINALE-MENT,
JE PEUX TE DONNER TOUT CE QU'UTÔ NE PEUT PAS.
FROTTE
FRISSON
CAR, APRÈS TOUT,
ÊTRE MARQUÉ EST UNE BÉNÉDICTION POUR LES OMÉGAS.

TU ES VRAIMENT AMOUREUX DE LUI.
JE L'ENVIE.
FUIP
?
Peut-être...
Peut-être qu'il est également...
POC

UTÔ-KUN PREND TOUJOURS SOIN DES OMÉGAS SENSIBLES ET EN DANGER TELS QUE TOI.
POURQUOI ? QUE S'EST-IL PASSÉ ENTRE VOUS ?
ÇA NE TE REGARDE PAS.
POC
GRAB !
N'ÉVITEZ PAS LE SUJET !
COMME JE M'EN DOUTAIS,

La veille
VOUS SAVIEZ...
QUE JE TRAVAILLAIS SOUS LES ORDRES D'UTÔ-SAN ?
AVANT NOTRE RENCONTRE
LORSQUE HIO-SAN M'A EMMENÉ AVEC LUI
WHAM
ET QUAND VOUS M'AVEZ SAUVÉ AU BAR AUSSI...
VOTRE BUT ÉTAIT D'APPROCHER UTÔ-SAN ?
QUAND JE T'AI VU POUR LA PREMIÈRE FOIS SASABE-KUN, JE ME SUIS DIT QU'IL N'AVAIT PAS CHANGÉ.

Chapitre 12

Il s'est passé quelque chose...
entre lui et Utô-san ?
QU'EST-CE QUE C'EST, CE DOSSIER ?
BOBOM
VOUS M'AVEZ APPROCHÉ EXPRÈS ?
QU'EST-CE QUI S'EST PASSÉ AVEC UTÔ-SAN ?
BOBOM
FRISSON
BOBOM
BOM
Non... Impossible...
Non...
NE ME DITES PAS...
Je n'y crois pas.
QUE SI VOUS AVEZ ÉTÉ AUSSI GENTIL AVEC MOI, C'ÉTAIT POUR...

QU'EST-CE QUI SE PASSE ?
TU AS TOUT FAIT TOMBER ?
BOBOM
BOBOM
HAA !
HAA !
FUIP
FUIP
FUIP
BOBOM
BOM !
FLAP
FLAP
CLAC !
BOBOM
BOBOM
Je dois lui demander des explications...

CLUB OASIS
Vous venez souvent ici ?
Euh, non...
Je suis venu avec un client régulier. C'est ma première fois.
200e cérémonie de bienvenue de la société Kaiei
Département des ventes
Section n°1
Département des ventes

C'est quoi ça ?
BOBOM !
Pourquoi il y a plein de photos de moi ?
BOBOM
REGARD
FRISSON
BOBOM
Des propositions de projets déchirées ?
Elles datent d'il y a dix ans. Et d'autres années aussi.
Et pourquoi...
Responsables : Shingo Utô
Yuu Shiratori
tous ces documents concernent Utô-san ?
FLIP...
BOBOM
!!!
Shingo Utô
Yuu Shiratori
BOBOM

FFT
Kaiei...
Kaiei...
Celui-ci...
POF
POF
et ensuite...
Hum ?
C'est quoi ce dossier ?
Il est énorme !
FFT
OUAAH !
FLAP
FLAP
MINCE ! J'AI TOUT RENVERSÉ.
HAAA...
FFT
FLAP
....?
FLAP

pour ne pas être abandonné...
À LA PLACE, JE VAIS REDOUBLER D'EFFORTS CHEZ KAIEI !
Oui.
TON CORPS NE S'EN PORTERA QUE MIEUX NIVEAU FATIGUE, SASABE-KUN.
AU FAIT, J'AI RANGÉ MA BIBLIOTHÈQUE,
ET J'AI RETROUVÉ DES DOCUMENTS QUI POURRAIENT TE SERVIR, SI TU VEUX Y JETER UN ŒIL.
WHAM
MERCI BEAUCOUP !
JE PEUX Y ALLER TOUT DE SUITE ?
BIEN SÛR.
TAP !
CLAC

TU VEUX ARRÊTER LE CLUB ?
OUI.
TU NE SEMBLES PAS EN FORME, IL S'EST PASSÉ QUELQUE CHOSE ?
J'AI BEAUCOUP RÉFLÉCHI... TRAVAILLER AVEC DES CÉLIBATAIRES ALORS QUE J'AI TROUVÉ UN PARTENAIRE EST UN PEU...
SURTOUT QUE BON NOMBRE Y SONT POUR RENCONTRER LEUR ÂME SŒUR, ÇA RISQUE DE CRÉER UN MALAISE.
JE VOIS.
JE SUIS CONTENT QUE TU AIES PRIS CETTE DÉCISION.
La raison principale est...

BYE !
À PLUS !
.....
TAP
TAP
LUB OASIS
Un moyen pour effacer la marque...
FUIP
FUIP
.....
CLAP
ALLÔ ? JE SUIS DÉSOLÉ DE VOUS DÉRANGER AUSSI TARD, JE VOUDRAIS VOUS PARLER.
JE PEUX VENIR CHEZ VOUS CE SOIR ?

MON CORPS NE PEUT PLUS SE LIER AVEC PERSONNE !
SNIF !
HEIN ?!
FRISSON
SNIF !
UUH !
IMPOSSIBLE, TU NOUS AS DIT AVOIR TROUVÉ TON ÂME SŒUR...
JE SUIS UN IDIOT ! QU'EST-CE QUE JE VAIS FAIRE ?!
UUH !
PLIC
UH !
JE... JE NE PEUX PLUS VIVRE !
JE VEUX MOURIR !

CLUB OASIS
BROUHAHA
ON VOIT PLUS KAITO CES TEMPS-CI.
OUAIS, ET C'EST DOMMAGE PARCE QU'IL ÉTAIT SUR LE POINT DE PASSER NUMÉRO 1 !
PEUT-ÊTRE QU'IL EST TOMBÉ SUR UN CLIENT BIZARRE ?
OUAH !
HAHA !
FLIPPANT !
.....
CLANK !
DIS-NOUS CE QUI T'EST ARRIVÉ !
FLIP
PATRON... JE... JE...
TAP !
VITE !!! APPORTEZ-LUI DE L'EAU !!!
AH !
OUI !!!

VAS-Y, SI C'EST CE QUE TU VEUX...
ET TOI, TU SERAIS HEUREUX ?
SI TU LE RENDS TRISTE, ALORS...
JE TE FAIS CONFIANCE.
C'est ce côté de ta personnalité
que je...

GRAB !
JE T'EN PRIE !
IL A DÉJÀ BEAUCOUP TROP SOUFFERT !
NE FAIS RIEN QUI POURRAIT LE BLESSER DAVANTAGE !
NE T'INQUIÈTE PAS.
JE LE RENDRAI HEUREUX.
BIEN PLUS QUE TU NE POURRAIS LE FAIRE EN TANT QUE BÊTA.

MAINTENANT QUE JE T'AI VOLÉ TON PETIT AMI ET TON PROJET.
NE ME DIS PAS
QUE...
TU T'ES RAPPROCHÉ DE SUMI POUR...

DIS-LE-MOI !
GRAB
JE SUIS IMPRESSIONNÉ PAR TA CRÉDULITÉ
QUI TE FAIT PENSER QUE C'EST LA SEULE RAISON.
.....
ENFIN, SI ÇA T'A PERMIS DE T'EN SOUVENIR, C'EST DÉJÀ UN PROGRÈS.
WHAM
ALORS ?
COMMENT TU TE SENS ?

EST-CE QUE
TU M'EN VEUX POUR CE QUI S'EST PASSÉ CE JOUR-LÀ ?

QU'EST-CE QUE TU AS À CRIER DANS UN ENDROIT PAREIL ?
JE DOIS TE PARLER
D'UN TRUC IMPORTANT.
.....
AH BON ? À QUEL SUJET ?
FROTTE
FUUH...

la chance
de sa vie.
BROUHAHA
BROUHAHA
SHIRATORI
!!!
HAA...
HAA...

Shiratori a quitté Kaiei
en acceptant une promotion ailleurs.
Puis,
Bon courage pour ton nouveau poste.
Merci beaucoup.
Je...
?
lui ai volé...

C'est le plan de Shiratori, il a quasiment tout fait !!!
Pourquoi c'est moi qui suis promu ?
Je n'ai jamais eu le talent pour participer aux assemblées générales !!!
Je me souviens.
Shiratori cherche trop la perfection.
Je sais que c'est toi qui t'es occupé des finitions,
Utô.

REGARD
REGARD
TAP
TAP
La première place qu'on m'a attribuée.
Regard...
On était assis face à face.
D'ailleurs, on nous avait associés sur un gros projet...
Pourquoi ?!

Swoup...
Shiratori et moi...
Comment on était à cette époque déjà ?
Vous vous chargerez tous les deux de ce projet.
Super, je vais faire de mon mieux ! Mais avec toi Shiratori, ça va être du gâteau !
Je compte sur toi !
Moi aussi.

J'AI TOUJOURS EU DU MAL AVEC LUI.
HEIN ? AVEC LUI ?!
HEIN ? POURQUOI ? C'EST QUELQU'UN DE BIEN, NON ?
JUSTEMENT, IL EST TROP CALME ET GENTIL.
CHUCHOTE...
IL EST SOCIABLE ET A DE BONNES MANIÈRES EN APPARENCE...
Senpai ! Tu veux qu'on aille boire un verre ?
Je t'invite ! ♥
MAIS LE FAIT QUE JE SOIS LE CHEF DE LA SECTION 1,
JE L'AI VU DANS SES YEUX.
GLOUPS
ET LE FAIT QU'ON S'ENTENDE BIEN TOI ET MOI, ÇA NE LUI PLAÎT PAS DU TOUT.
Une prochaine fois.
BON, JE RETOURNE BOSSER !
FLAP FLAP
.....

!
TAP スタ
TAP スタ
Salut !
C'ÉTAIT LONG.
OUAIS.
COMMENT ÇA S'EST PASSÉ ? DE QUOI VOUS AVEZ DISCUTÉ ENSUITE ?
Ben...
DE RIEN DE SPÉCIAL À PART LA REPRISE DU PROJET.
TU M'AS ATTENDU JUSTE POUR SAVOIR ?
OUI.
PARCE QUE CE CHANGEMENT N'A AUCUN SENS.
HAA...
Aah, sérieux !
VOUS ÊTES IRRÉCUPÉRABLES, TOI ET SENPAI !
Hein ?
COMMENT ÇA ?
PAS FAUX.
HAA...
JE PEUX TE L'AVOUER MAINTENANT.

TAP
TAP
Qu'est-ce qu'il a voulu insinuer ?
TAP
UTÔ-SAN, ÇA FAIT LONGTEMPS !
C'EST RARE QUE VOUS PASSIEZ NOUS VOIR DANS LA SECTION 1 !
Oui, t'as raison !
Et puis,
son regard...
«Tu as compris toi aussi maintenant ?»
Comment ça, «toi aussi» ?
Je...
J'ai l'impression...
d'avoir oublié quelque chose de très important.

WHAM !
AAAAAH !
J'AI MAL AUX OREIL-LEEES !
POUR-RAIS-TU AU MOINS
LAISSER MA SECTION FINIR JUSTE CE PROJET ?
C'est le plus gros travail dans lequel Sumi a mis tout son cœur et toute son âme...
ET IL EST BIENTÔT TERMINÉ.
Si on lui retire...
Chuchote
TU AS COMPRIS TOI AUSSI MAINTENANT ?
!?
Chuchote
CE QU'ON RESSENT QUAND ON SE FAIT PRENDRE QUELQUE CHOSE.
Quoi ?
CRR
BREF, UTÔ,
PRÉPARE TOUS LES DOCUMENTS À PASSER AU NOUVEAU RESPON-SABLE.

QUELLE EST LA RAISON DE CE CHANGEMENT ? EST-CE QUE MON EMPLOYÉ AURAIT FAIT QUELQUE CHOSE DE MAL ?
NOUS NE POUVONS ACCEPTER DE PASSER LE PROJET À LA SECTION 1 SANS MOTIF VALABLE.
SASABE-KUN A TRÈS BIEN TRAVAILLÉ, SEULEMENT...
SEULE-MENT ?
FUIP...
LES «PERSONNES EN RELATION»
SURSAUTE
NE DEVRAIENT PAS COLLABORER ENSEMBLE, NON ?

SWIP
CHUCHOTE
QU'EST-CE QUE TU AS ENCORE FAIT ?
?
RIEN DU TOUT.
C'EST PLUTÔT TOI QUI L'AS ASPERGÉ D'EAU HIER.
DOMM
CHANGER DE RESPONSABLE ?
CE N'ÉTAIT PAS PRÉVU.
J'AURAIS PRÉFÉRÉ ÊTRE CONSULTÉ À L'AVANCE.
.....
C'EST LA DÉCISION QUI A ÉTÉ PRISE APRÈS DISCUSSION AVEC UNITED.

TAP
TAP
CE N'EST EN AUCUN CAS DE TA FAUTE.
CLANK
.....
AH, D'AILLEURS...
N'HÉSITE PAS À REVENIR CONSULTER CES DOCUMENTS QUAND TU VEUX.
CLAC
PLIC...

C'EST LA SECTION 1 QUI VA S'EN OCCUPER MAINTENANT.
HEIN ?
GRAB !
POURQUOI ?!
JE N'AI PAS ÉTÉ À LA HAUTEUR ?
NON, TU TE TROMPES.
ON EST PARTENAIRES À PRÉSENT.
ET JE NE CROIS PAS QUE CE SOIT UNE BONNE IDÉE QUE DEUX PERSONNES AUSSI PROCHES TRAVAILLENT SUR LE MÊME PROJET.

JE VAIS FAIRE DE MON MIEUX POUR LE PROJET QUE NOUS AVONS EN COMMUN EN CE MOMENT !
TOUT LE MONDE SERA ÉPATÉ !
.....
À PROPOS DE ÇA...
J'AI DEMANDÉ UN CHANGEMENT DE RESPONSABLE.

INCROYABLE ! CE SONT TOUS LES PROJETS SUR LESQUELS VOUS AVEZ TRAVAILLÉ, SHIRATORI-SAN ?
POUR ÊTRE HONNÊTE, C'EST PLUTÔT DES IDÉES QUE J'AI GARDÉES.
ET...
Il y a des propositions qui ont été refusées aussi !
SUR CETTE ÉTAGÈRE DU BAS, CE SONT LES PROJETS DE KAIEI.
SHH...
!
IMPRESSIONNANT... VOUS AVEZ TOUT CONSERVÉ.
LES DONNÉES, LES PLANNINGS... TOUT EST EN PARFAIT ÉTAT, VOUS ME SAUVEZ.
SI ÇA PEUT T'AIDER, J'EN SUIS RAVI.
Ces documents prouvent bien que Shiratori-san est un homme exceptionnel.
Fresh Creator
Compétition
CONCEPT
Laisser quelqu'un comme moi regarder son précieux travail...
SERRE...
.....

C'EST ASSEZ INTÉRESSANT.
MAIS...
MAIS ?
UN CLIENT AVEC LEQUEL ON TRAVAILLE M'A DÉCLARÉ QU'IL VOULAIT UN PROJET PLUS ORIGINAL.
DU COUP, JE ME DIS QUE MES CONNAISSANCES SONT SANS DOUTE ASSEZ LIMITÉES.
HMM...
JE VOIS.
HMM...
VIENS AVEC MOI.

C'EST DÉLICIEUX ! TON ŒUF AU PLAT EST SUCCULENT.
HMM...
J'AI PEUT-ÊTRE MIS UN PEU TROP DE SAUCE TOMATE...
VRAIMENT ? POUR MOI, C'EST PARFAIT.
TANT MIEUX ALORS.
ÇA FAIT LONGTEMPS QUE JE N'AI PAS PETIT DÉJEUNÉ TRANQUILLE-MENT.
SMILE
MERCI !
Miom
COMMENT ÇA SE PASSE À TON TRAVAIL EN CE MOMENT ?
AH...

POUR VOUS REMERCIER DE M'AVOIR LAISSÉ DORMIR ICI.
ぽすっ
FLIP
MERCI, ÇA ME FAIT PLAISIR !
TU CUISINES SOUVENT D'HABITUDE ?
OUI, J'AIME BIEN... JE ME PRÉPARE AUSSI DES REPAS À EMPORTER PARFOIS.
CRR
カッ
ALORS QUE TU TRAVAILLES AUTANT ? TU ES IN-CROYABLE !
J'AI HÂTE DE GOÛTER.

CLANK
TAP
TAP
!
FRRR
BONJOUR, TU T'ES LEVÉ TÔT.
DÉSOLÉ, JE ME SUIS PERMIS D'UTILISER VOTRE CUISINE.
REGARD
AH, ÇA NE ME DÉRANGE PAS.
AH !
BONJOUR.
C'EST TOI QUI AS PRÉPARÉ TOUT ÇA, SASABE-KUN ?
OUI.

Tu dois être épuisé de ta journée, tu peux utiliser cette chambre.
Voilà ce qu'il m'a proposé.
Mais après cette histoire...
MHH
Enfin, il n'a rien tenté cette fois.
Il dort toujours ?
Je n'arrive pas à me calmer !
SILENCE...
UUH...
GROUIIC
JE N'AI PRESQUE RIEN MANGÉ HIER.
AH...
JE SAIS.

Chapitre 11
CUI CUI
.....
DOMM
ぼー
CUI CUI
Je n'ai pas
CUI CUI
CUI CUI
fermé l'œil de la nuit...

TU VIENS CHEZ MOI CE SOIR ?
JE PLAISANTE.
C'est cruel.
......
MAIS...
J'AI ENVIE DE PASSER UN PEU PLUS DE TEMPS AVEC TOI.
TU NE VEUX PAS ?
Pourquoi mon cœur et mon corps
ne désirent pas la même personne ?

C'est à ça que sert la famille, non ?
Tu as changé.
Ça te convient vraiment ?
Mais...
et tes désirs à toi alors ?
!!!
GRAB !
ÇA NE ME RESSEMBLE PAS ?
Pff !
ALORS D'APRÈS TOI, QU'EST-CE QUI ME RESSEMBLE, SASABE-KUN ?
TU NE SAIS RIEN DE MOI.
FRISSON
PARDON.
LÂCHE...
JE N'AURAIS PAS DÛ DIRE ÇA.

VOUS VOUS SENTEZ MIEUX ?
OUI MERCI, JE VAIS BIEN.
DITES...
POURQUOI AVEZ-VOUS FAIT ÇA TOUT À L'HEURE ?
CLANK
Comme s'il faisait exprès pour qu'il nous voie.
JE SUIS DÉSOLÉ DE T'AVOIR MONTRÉ UNE FACETTE DE MOI SI PITOYABLE,
TU AS DÛ ÊTRE SURPRIS.
NON... JE NE PARLE PAS DE CE QUI EST ARRIVÉ DANS L'ASCENSEUR.
POURQUOI AVOIR FAIT ÇA DEVANT UTÔ-SAN ?
POURQUOI ? JE SUIS TON PARTENAIRE, JE NE PENSE PAS AVOIR FAIT QUELQUE CHOSE DE CHOQUANT.
C'EST JUSTE...
QUE ÇA NE VOUS RESSEMBLE PAS, SHIRATORI-SAN.

Si tu me traites si gentiment,
je ne pourrai jamais m'éloigner de toi.

JE VAIS FAIRE COMME SI JE N'AVAIS RIEN ENTENDU.
FROTTE
UH !
C'EST NOTRE SECRET À TOUS LES DEUX,
D'ACCORD ?

POURQUOI
NOUS NE POUVONS PAS CHOISIR ?
FIUU !
BROUHAHA
FIUU !
BROUHAHA
BROUHAHA
FIUU !

GRAB !
C'ÉTAIT MOINS UNE !
Pardon !!!
Pourquoi...
REGARD
DÉSOLÉ, TU ES MOUILLÉ ?
il est encore si gentil avec moi
alors que je l'ai trahi
et blessé ?
QU'EST-CE QU'IL Y A,
SUMI ?
CRR
POURQUOI TU ES AUSSI GENTIL AVEC MOI ?

NON, C'EST…
JE SUIS CONTENT DE T'AVOIR CONFIÉ LES PRÉPARATIFS.
MERCI.
DING
AU FAIT…
IL S'EST PASSÉ QUELQUE CHOSE DANS L'ASCENSEUR TOUT À L'HEURE ?
AVEC SHIRATORI.
NON… EUH… RIEN DE SPÉCIAL.
JE VOIS.
VACILLE
VACILLE
Sérieux ?! Trop drôle !
Le malaise… Je dois changer de sujet.
MERCI POUR TES COMPLIMENTS !
ATTEN-TION !
BOM !
AH !
PLASH !

SHIRATORI-SENPAAAI !
PLIC !
TU VEUX BIEN M'APPRENDRE COMMENT ÉDUQUER MES SUBORDONNÉS ?
Pouic Pouic
QUOI ?
VOUS VOULEZ DE LA VIANDE, SHIRATORI-SAN ? LE STEAK EST DÉLICIEUX !
Tenez ! Il y a aussi de l'agneau !
AH, SENPAI ! CE GARÇON EST MON PETIT AMI DONT JE VOUS AVAIS PARLÉ !
REGARD
REGARD
JE M'APPELLE TAKABA, ENCHANTÉ !
DE MÊME...
SWOUP
HM !
Je vous sers !
Euh, merci ...
POUTCH
OUSTE OUSTE
!
Merci les gars.
Bar
TU AS BIEN BOSSÉ POUR CETTE SOIRÉE.

Pourquoi...
tu es toujours...
CE N'EST RIEN !
WHAM !
SMILE
JE N'AI ACCORDÉ MA CONFIANCE À PERSONNE ET J'AI CACHÉ LE FAIT D'ÊTRE UN OMÉGA PENDANT LONGTEMPS,
C'EST NORMAL QU'ON PENSE ÇA DE MOI !
TAP...
JE REVIENS.
AH...
Frotte
HAA...
.....

ENFIN, JE VOUS COM-PRENDS !
?
SASABE EST SUPER POPULAIRE AUPRÈS DES CLIENTS !
SURSAUTE
TU AS UNE TECHNIQUE SECRÈTE, JE PARIE !
TU VOUDRAIS BIEN ME L'AP-PRENDRE ?
.....
.....
HÉ !
C'EST PAS UN TRUC À DIRE À TON COLLÈGUE QUI TRAVAILLE DUR POUR RÉUSSIR !
CRR...
DÉSO-LÉ.
Pourquoi...

HEIIIN ?!
SHIRATORI-SAN, VOUS ÊTES DE LA MÊME PROMOTION ?!
AVEC NOTRE DÉSINVOLTE CHEF UTÔ ?!
Dis donc !
ÇA VEUT DIRE QUOI ÇA ?!
HA HA !
COMMENT VOUS ÉTIEZ TOUS LES DEUX À L'ÉPOQUE ?
SHIRATORI ÉTAIT SI PARFAIT, ON ATTENDAIT BEAUCOUP DE LUI ! C'ÉTAIT DUR D'ÊTRE DANS SA PROMO DU COUP !
OUAAH !
je comprends !
WHAM
J'AVAIS DES MAUX D'ESTOMAC À CAUSE DU STRESS EN BOSSANT DANS SON ÉQUIPE !
TU EXAGÈRES, UTÔ-KUN.

GRAB
SMACK
SHIRATORI-SAN !
POUSSE !
PARDON, JE N'AI PAS PU M'EN EMPÊCHER.
SWIP

TAP !
Sumi !!!
Excusez-moi !
TOUT VA BIEN, MESSIEURS ?!
NOUS SOMMES VRAIMENT DÉSOLÉS DE LA GÊNE OCCASION-NÉE...
Ce n'est rien...

Attendez !!!
SMACK
TREMBLE...
SERRE !
Je ne veux pas qu'Utô-san entende !
Je dois couper le télépho...
!!
TADAC !
Aïe !!!
TAKABA ! JE M'ABSENTE UN MOMENT !
TAP !
HEIN ?!
On dirait...
SUMI ?!
qu'il s'est passé quelque chose !
ALLÔ ?!

POUSSE !
SNIF
!
NH !
GRAB
C'est vrai...
HAA !
UH !
SST
!
Shiratori-san a besoin de moi en tant que partenaire.
ATTENDEZ... SHIRATORI-SAN...
PAS ICI !
EXCITÉ...
Sumi ?

JUSTE UN INSTANT, LE TEMPS QUE JE ME CALME.
....
D'AC-CORD.
Je me demande ce qu'il a... Il tremble...
VRR
VRR
....
DÉSOLÉ, JE DOIS RÉ-PONDRE...
Allô Sumi ?
AH, UTÔ-SAN...
Qu'est-ce qui se passe ? Vous en mettez du temps !
Vous êtes perdus ?
EN FAIT, NOTRE ASCENSEUR EST COINCÉ ET...
REGARD
.....
!
GRAB !

Je pourrai enfin sortir d'ici.
Merci pour tout ce que tu as fait jusqu'à aujourd'hui.
EST-CE QUE...
VOUS AVEZ PEUR DANS CE GENRE DE SITUATION ?
GRAB !
!!!
PARDON.
LAISSE-MOI RESTER COMME ÇA UN MOMENT.

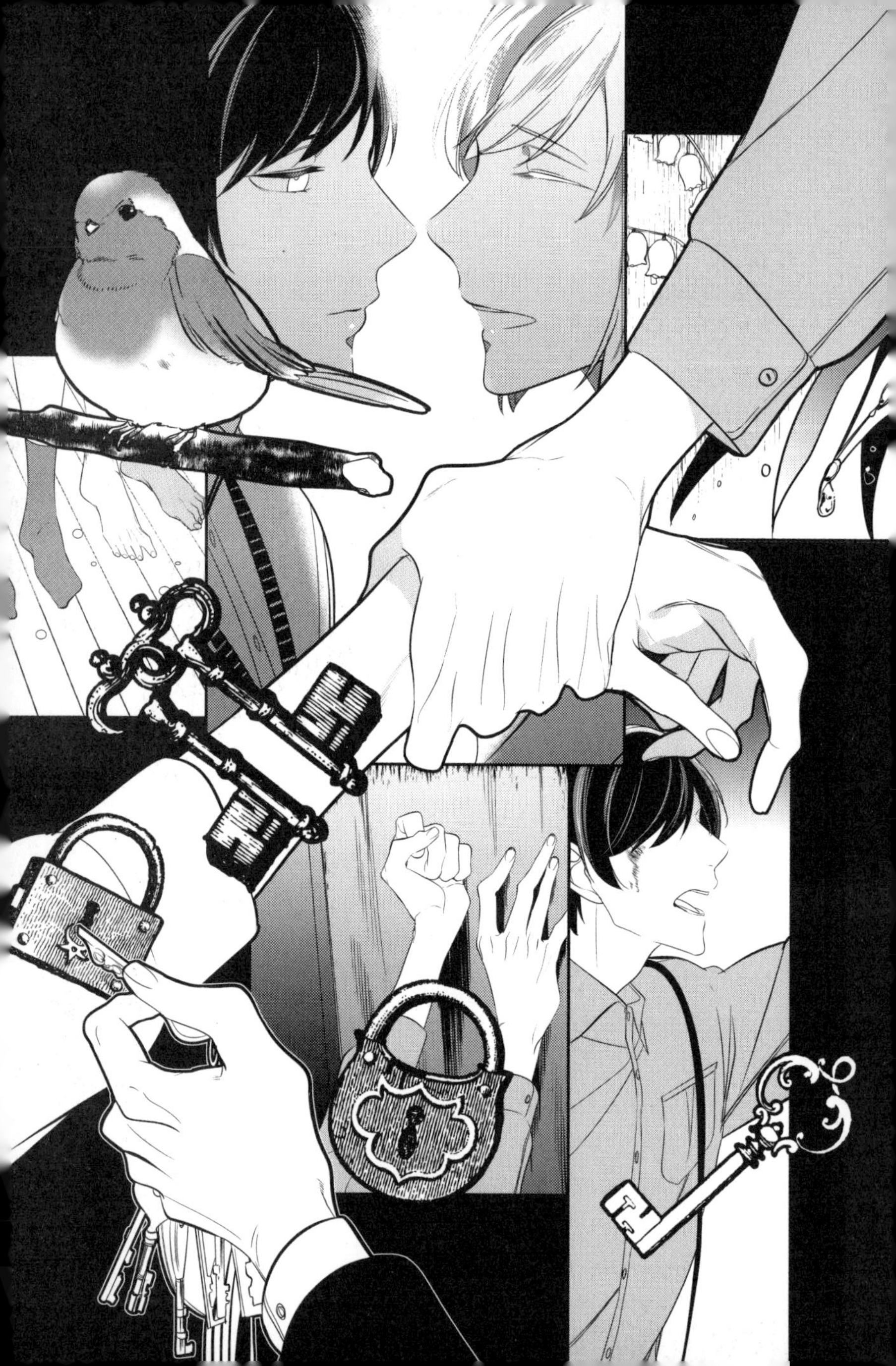

!?
BAM !
SHIRATORI-SAN ?!
SWIP...
ÇA VA, N'APPROCHE PAS.
ÇA VA...
JE VAIS BIEN...
?
...UU...
Yuu...

VOUS AVEZ ENTENDU ? CE SERA RAPIDE...
!!!
VACILLE
FUIP
POF
SHIRATORI-SAN ?
SWOUP
SHIRATORI-SAN ? VOUS ALLEZ BI...
TZATT !
!!!

EH BIEN...
!?
BLANK !
TAP TAP
POURQUOI ON S'ARRÊTE...
ALLÔ ? L'ASCENSEUR S'EST ARRÊTÉ, IL Y A UN PROBLÈME ?
TAC
Excusez-nous pour la gêne occasionnée !
Le système de détection des tremblements de terre a un souci de fonctionnement.
Ne vous inquiétez pas, l'ascenseur va repartir.
DANS COMBIEN DE TEMPS ?
Le problème sera réglé dans cinq minutes maximum.

HAHA ! TU ME PARLES SI POLIMENT !
J'AI L'IMPRESSION D'ÊTRE UN ÉTRANGER.
PARDON ! MAIS VOUS ÊTES UN CLIENT POUR NOUS CE SOIR, ALORS...
OUI, TU N'AS PAS TORT.
J'ATTENDAIS CE BARBECUE AVEC IMPATIENCE.
J'AI HÂTE DE VOIR LE FRUIT DE TES EFFORTS,
ET AUSSI
DE RENCONTRER TES COLLÈGUES DE TRAVAIL.
......
D'AILLEURS, VOUS ÊTES DE LA MÊME PROMOTION AVEC UTÔ-SAN, N'EST-CE PAS ?
JE N'ARRIVE PAS À VOUS IMAGINER À CETTE ÉPOQUE.
COMMENT VOUS ÉTIEZ TOUS LES DEUX ?

C'EST SHIRATORI ?
OUI. IL EST ARRIVÉ, JE VAIS À SA RENCONTRE.
TU VEUX QUE JE T'ACCOMPAGNE ?
HEIN ?!
SURSAUTE
NON, ÇA IRA !
AH
OK...
SWOUP
JE REVIENS DANS UN INSTANT.
Le malaise si on se retrouvait juste tous les trois...
FROTTE
Le feu d'artifice va bientôt commencer.
.....
MERCI D'ÊTRE VENU
ALORS QUE VOUS ÊTES OCCUPÉ.

OUAH !
Tiens !
UNE GRANDE PORTION EN GUISE DE RÉCOMPENSE POUR TON TRAVAIL !
WHAM !
TU ADORES LES CUISSES DE POULET, PAS VRAI ?
Je les ai bien assaisonnées !
MERCI...
Pourquoi il se souvient
d'un truc aussi insignifiant ?
Senpaaai ! Je veux une saucisse !
FAIS-LA GRILLER TOI-MÊME !
Utô-saaan ! De l'agneau pour moi !
HÉ !
VRR
VRR
ALLÔ ?
Sasabe-kun ?
Je suis devant l'immeuble.
REGARD
FRIIT...
D'ACCORD, JE VIENS VOUS CHERCHER.

MARINEBBQ
TU ES INCROYABLE, SASABE-KUN !!!
JE NE PENSAIS PAS QUE TU ARRIVERAIS À RÉSERVER CETTE BRASSERIE !
J'avais envie de venir ici en plus !
MOI NON PLUS EN VÉRITÉ.
NIARK
NIARK
TU AS EMPLOYÉ LES «GRANDS MOYENS» POUR L'AVOIR ?
ARRÊTE DE L'EMBÊTER !
En réalité,
Oh, merci !
je ne peux pas leur dire que c'est une relation du bar.
OH, MAIS BIEN SÛR ! SI C'EST POUR SHIN-CHAN, CE SERA AVEC PLAISIR !
C'EST UN PEU...
SUMI ! ARRÊTE DE SERVIR TOUT LE MONDE ET MANGE TOI AUSSI !
AH !
O...
OUI...

JE VAIS RÉUSSIR À COUP SÛR.
PFF !
JE N'EN DOUTE PAS.
FUIP
JE...
VAIS FAIRE DE MON MIEUX.
Après tout...
j'en ai fait la promesse.

LA FÊTE EST POUR BIENTÔT, VOUS ALLEZ DEVOIR DÉPLOYER TOUT VOTRE TALENT !
OUAH...
HEIN ?
C'EST DANS DEUX SEMAINES À PEINE ?
AH, JE SAIS !
ON POURRAIT LE CONFIER À SASABE ! IL EST DOUÉ...
ざわ…ざわ…
BROUHAHA...
POUR TRAITER AVEC LES ALPHAS.
.....
CE TRAVAIL SERA FACILE POUR MOI.
ず
FUIP
LAISSE-MOI M'EN OCCUPER.

Qu'est-ce que je pourrais bien faire pour lui ?
UTÔ ?
WHAM
AH, DÉSOLÉ, JE DOIS Y ALLER !
JE VOIS ÇA AVEC LES NOUVEAUX.
ET JE TE RECONTACTE ENSUITE !
Merci d'avance !
.....
VOILÀ, VOUS DEVREZ VOUS OCCUPER DES PRÉPARATIFS
AVEC TAKABA-KUN DE LA SECTION 1, QUELQU'UN EST PARTANT ?
QUOI ?! JE VEUX LE FAIRE !
MOI AUSSI !
JE VOUS PRÉVIENS !

ET DONC !
JE PENSE AUSSI INVITER QUELQUES CLIENTS CETTE ANNÉE POUR L'OCCASION.
POURRIEZ-VOUS DÉSIGNER QUELQU'UN DE LA SECTION 2 POUR M'AIDER AVEC LES PRÉPARATIFS ?
JE VOIS...
UN NOUVEAU FERAIT L'AFFAIRE...
....
... QU'EST-CE QU'IL Y A ?
AH, RIEN...
J'ai toujours donné ce genre de tâches à Sumi,
c'est le seul en qui j'ai vraiment confiance.
Mais mainte-nant,
tous les employés de la section 2 sont au courant qu'il est un oméga
et il n'est pas du genre à se plaindre ou demander conseil.

MIOM
MIOM
Hum ?
LE FESTIVAL DE NUIT ?
OUI !
MIOM
C'EST DÉJÀ LA SAISON ?
C'EST TOI UTÔ QUI T'OCCUPAIS DE L'ORGANISATION AVANT !
BLUSH
MAIS CETTE ANNÉE, C'EST KEISUKE-KUN QUI S'EN CHARGE !
Le numéro un sur qui on peut compter !
EH OUI !
AH, JE VOIS.
MIOM
ÇA SE PASSERA OÙ CETTE FOIS ?
J'AI TROUVÉ PLUSIEURS BRASSERIES EN PLEIN AIR POUR UN BARBECUE !
ET JE PENSE QU'ON DEVRAIT FAIRE LA FÊTE LE MÊME JOUR QUE LE FEU D'ARTIFICES POUR POUVOIR LE VOIR !
D'une pierre deux coups !
FUIP
Bonne idée.
ÇA TE RESSEMBLE BIEN... SEULEMENT, CE N'EST PAS DÉJÀ TOUT RÉSERVÉ ?
Il n'y a jamais de places dans ce genre d'endroits
AUCUN PROBLÈME EN UTILISANT LE NOM DE NOTRE ENTREPRISE !
KAIEI
Le business heureux
ARGH...

Laissez-moi... un peu de temps...
Entendu...
Mais sache que j'aimerais combler avec toi petit à petit toutes ces étapes que nous avons brûlées.
Oui... Je comprends.
HAAA..
POFF
FROTTE
Ça suffit... Je dois aller de l'avant.

Chapitre 10
REGARD...
ちら
Réfléchis-y.
Au fait de venir habiter avec moi.

PERSONNAGES

SUMITO SASABE

Ω

Nouvellement arrivé dans la section n°2, il est sous les ordres d'Utô. À cause d'un incident dans son passé, il voue une véritable haine aux bêtas, mais il est pourtant attiré par Utô. Malgré ses sentiments pour ce dernier, il devient le partenaire de Shiratori, faisant son possible pour répondre à sa gentillesse…

SHINGO UTÔ

β

Le chef de la section n°2. Tourmenté par le fait que «les bêtas ne peuvent sauver les omégas», il n'a jamais pu avouer son amour à Sasabe. Il veille à présent sur lui et Shiratori en souhaitant qu'ils soient heureux. Il espère pouvoir rester auprès de Sasabe en tant que supérieur.

YUU SHIRATORI

α

Ancien collègue de travail d'Utô, il devient le partenaire de Sasabe à sa demande, pour que ce dernier n'ait plus à subir les effets des chaleurs. Conscient que Sasabe est amoureux d'Utô, il lui propose de vivre ensemble afin de se rapprocher.

Qu'est-ce que l'omegaverse ?

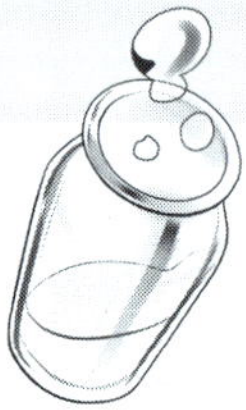

C'est un monde où même les hommes peuvent donner naissance à un enfant.
En dehors des femmes et des hommes, un autre sexe existe. Les hommes capables de porter un enfant s'appellent les omégas (Ω). Leur appareil reproducteur se trouve dans le rectum (utérus), et lors de leur période de chaleurs, lorsqu'ils ont des relations sexuelles avec un alpha (α) ou un bêta (β), ils peuvent tomber enceints.

Les périodes de chaleurs des omégas

Les chaleurs ont lieu à des périodes régulières et durent environ une semaine. Durant ces chaleurs, l'oméga devient incapable de faire quoi que ce soit. Lorsque l'oméga n'a pas de partenaire, il émet des phéromones qui attirent les alphas et les bêtas célibataires.

Partenaires et lien d'âmes sœurs

C'est une connexion qui se forme entre un alpha et un oméga, beaucoup plus forte qu'un lien de famille, de mariage, ou une relation amoureuse habituelle. Lorsqu'un oméga trouve un partenaire, il cesse d'émettre des phéromones. Lors des chaleurs, l'alpha mord l'oméga pour créer un lien indestructible entre eux.

Inhibiteurs de phéromones

Ce sont des médicaments utilisés pour réduire le taux de phéromones émis par un oméga et calmer les chaleurs.

Pilule de contraception

Lorsqu'un oméga a une relation sexuelle pendant ses chaleurs, il court de grandes chances de tomber enceint, ce qu'il peut éviter en prenant une pilule de contraception.

À mon tour de pleurer β 3

Keri Kusabi

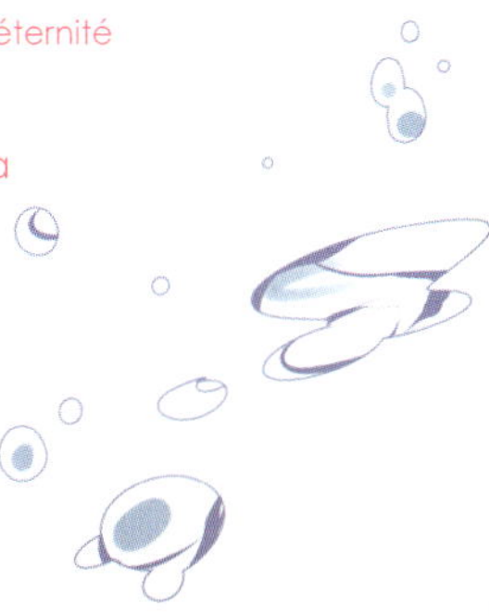